メディアワークス文庫

そして、その日まで君を愛する

似鳥航一

プロローグ

オレンジ色の夕暮れの空を鳥たちが飛んでいく。

どこか感傷的な気分になり、僕は窓を離れてダイニングルームに戻った。

ふたりだけの家は広くて静かだ。テーブルでは長年つれそった妻が本を読んでいる。

最近では珍しい紙の本だ。数日前から彼女は暇があれば、これを読んでいる。

「今どれくらい？」僕は訊《き》いた。

「もう終盤。ページ数が残り少ないから、もったいなくて……」

妻はそう呟《つぶや》くが、本のページに目を落としたままだ。

「じゃあ、もっとゆっくり読んだら？」

僕は微笑《ほほえ》んでそう言うと、キッチンでお湯を沸かす。そしてアールグレイの茶葉を入れたティーポットに注ぎ、隠し味を加えて、ふたり分の紅茶を淹《い》れた。

「ほら、休憩。ちょっと目を休めなよ。お互い、もうそんなに若くないんだから」

僕が紅茶のカップをテーブルに置くと、妻は本を閉じた。茶目っ気のある口調で彼女は言う。

「そうですか？　そんなことないでしょう」

「ふたりとも五十八歳だろう？　でもまぁ、人生百年が普通の時代だし、君は今でも充分若いね。訂正するよ。時代に取り残されてるのは俺だけさ」

「ありがとう。でも、わたしはあなたも、ばっちり素敵だと思いますよ」

そして妻は紅茶を一口飲んで柔らかく微笑む。

「うん。おいしい」

「隠し味に少量のウイスキー。これが風味を絶妙によくするんだ」

それから僕らは紅茶を飲みながら、目の前にある本の話をする。

これは僕らの息子が書いたものだ。題名は『あの日の君に恋をした、そして』。

思えば不思議な星まわりだ。

もともと息子はわけあって、激動の半生を振り返る自分史を書くつもりだったという。でも僕の妻の手ほどきを受けて叙情的な小説にまとめた。それをネットに上げておいたところ、人気が出て書籍化されたのだという。

目の前の本を手に取り、僕はぱらぱらとめくる。

「俺はもう二回読んだけど……やっぱり君の血を引いてるな。いい出来だったよ」

僕の妻は小説家なのだった。今でこそ寡作になったが、昔は人気作家だった。息子への助言なんて、お手のものだったろう。

「あの子はあの子。わたしはわたしだから」

妻は少し照れくさそうに呟く。

「でも、あの子……今ごろちゃんと元気にやってるんでしょうか?」

「そりゃもちろん。困ってたら、ここに逃げ帰ってくるだろう」

「あは。たしかに」

今では息子はこの家を出て、恋人と同棲《どうせい》している。もう彼も二十八歳の立派な大人なのだ。必要以上の干渉は避けるのが親心だろう。

相手の女性のことも僕はよく知っている。おとなしい性格だが、芯のしっかりした優しい娘だ。きっとふたりとも幸せになれると僕は信じている。

それにしても、と僕は思った。

人生が過ぎるのはなんて早いのだろう。なんてあっという間なのだろう。

本当に、時間はなんて呆気《あっけ》なく過ぎてしまうのだろうか?

ページをめくりながら僕は切ない郷愁に浸る。

この本の序盤には、息子の子供時代の思い出が克明に綴《つづ》られている。もちろん僕にとっても他人事《ひとごと》ではない。あのころの息子と自分が文章の中に息づいていると考えると、無性に胸に迫ってくるものがあった。

何もかも、すべてはもう失われた。

いろんな人が現れては消え、根こそぎ時の彼方《かなた》へ押し流された。

でもその時間は本当にあったのだ。夢のように輝いていた。あの時代に、あの世界に、たしかにみんな存在したのだ――。

それを思い出したい。

そう、僕は昔話を語りたいのだ。懐かしい記憶の物語を。

僕はダイニングルームを離れるとパソコンを起動した。そして心に浮かんでは消えていく出来事を今日もファイルに打ちこんでいく。

これは少しずつ思い出しては書き足している、長年かけたパッチワーク。ちょっとした秘密のテキストデータだ。昔から個人的につけている回想録であり、制作中の自分史でもある。また、ある意味では僕たち夫婦のメモワールでもあるだろう。

記憶の中では、それはいつも瑞々《みずみず》しく永遠だから――。

さて、今これを読んでいる君は、どこの誰なのだろう?

誰であっても歓迎する。最後まで読んで、僕の人生を知ってもらえるとうれしい。

第一章　小・中学生時代

1

自分が生まれた年に、どんな出来事があったのか調べたことはあるだろうか？

僕の場合は、やはりバブル崩壊があげられる。

物心がついたときには平成不況の真《ま》っ只中《ただなか》だったけれど、じつは僕が生まれたのが今まさにバブル景気が終わりゆく時期だったらしい。

まもなく土地の下落が始まり、約二十年ものあいだ経済が低迷する。

いわゆる「失われた二十年」を僕は生きていくことになるのだが――。

そう、僕はバブル景気最後の年である一九九〇年に生まれた。名前は嵯峨《さが》愁《しゅう》。好景気を最初から知らない世代として、この世に誕生したのだ。

それでも僕の家は客観的に振り返れば、まずまず余裕がある方だった。

住んでいたのは、自然が豊かな埼玉県の秩父市《ちちぶし》だ。

父親は都内のＩＴ企業の本部長で、母親は専業主婦。そして僕はひとりっ子だったから、暮らしに不自由を感じたことはなかった。

父の敏夫《としお》は仕事が忙しく、あまり家には寄りつかなかった。でも、たまに早く帰ってきた日は家族三人で食卓を囲んだ。和気藹々《わきあいあい》とした家族の団らん――。

なすの揚げびたしをおいしそうに口に運びながら、父が尋ねる。

「なあ愁、今日は学校どうだった?」

「普通」僕は答える。

「普通か」

「そ。いい感じだったよ」

「うん。だったらいい」

父が満足そうにうなずくと、母の秋子《あきこ》が「もう」と苦笑する。

「ほんと、愁はいつもそれなんだから。普通……。たまには何かないの? 面白かったこととか、困ったこととか」

「べつに」

「そっか」母が苦笑した。

「正直者だから仕方ないよ。あることないこと適当に言うより、ずっといいだろ?」

「はいはい、口は達者なのよね」母がくすりと笑う。

実際のところ普通だったのだ。僕はいろんなことを問題なくこなせた。

勉強でもスポーツでも、あまり時間をかけずに、いい結果を出せた。揉《も》めごとは嫌いだが(何につけ平和が一番だ)、人と争って負けたことはない。

今にして思えば、それは僕の能力というより、親からの恩恵だったのだろう。生活に余裕があり、家庭環境がそこそこ文化的だったから、皆より少しだけ大人びていただけだったのだ。幼さゆえの万能感。自分がどれだけ恵まれていたのか、当時の僕にはわかっていなかった。

とはいえ、クラスメートが僕に一目置いていたのは事実だった。嵯峨愁が本気を出すと半端じゃない――なぜかそんな合意ができていた。

根拠のない暗黙の了解。みんな勘違いしている。

でも、おかげで毎日は平穏だった。平穏すぎて、あのころの僕はいつも退屈していたように思う。

僕が初めて心から本気で途方に暮れたのは、十二歳の夏――。その日のことを思い出すと、まずはまぶしい水の輝きが頭に浮かんでくる。

あれは二〇〇二年の七月一日。よく晴れた暑い午後のことだった。

当時の僕は小学六年生で、学校帰りにひとりで荒川《あらかわ》の川原にいた。そして石の上に立ち、スニーカーの靴底を水につけていた。水は浅くて川底の石がくっきり見える。

「ほんとにもう……冗談じゃない」

帰る途中、道に落ちていたガムを踏んでしまったのだ。いくら靴底を地面にこすりつけても取れず、逆に貼りつく始末。しばらく我慢して歩いていたが、橋のたもとまで来たとき、水に浸せば取れやすくなるんじゃないかと閃《ひらめ》いた。それで僕は川の浅瀬でこんな真似《まね》をしていたのだ。

不思議なことが起きたのは突然だった。前触れなんて何もない。いきなり心臓がどくんと打ち、奇妙な声が頭の中に響く。

(君とゆかりのある者と、人生を取り替えるよ)

驚愕《きょうがく》した。それが僕自身の声だったからだ。

もちろん僕は何も言っていない。周囲を見回しても誰の姿もなかった。

なんだろう？　頭の中に白い光がゆっくりひろがっていくような感覚がある。

なおも僕は辺りを見渡すが、目についたのは近くの橋の上を歩いているクラスメートの緑原《みどりはら》瑠衣《るい》だけだった。

でも声が届く距離じゃない。そもそも、なんとなく馬が合わない感じがして、緑原とは話したことがなかった。今後も親しくなることはないだろう。ただの勘だが、そういう勘ってわりと外れない。

考えているうちに白い光は霧のようにひろがり、頭の中を埋め尽くす。やがて僕の意識はふっと途切れた。

＊

心をくるんでいた白い光がゆっくりと薄れていく。気がつくと僕は水の中にいた。

――な、なんだこれっ？

叫びたかったが、無理だった。だって水中なのだ。どういうわけか、今の僕は薄暗い水の中にいる。目を開けていても痛くないから、海ではなくて川なのだろう。

でも、どうなってるんだ？

もちろん、わかるわけがない。恐怖で半ばパニックになったが、ひとまず僕は必死に水をかき分けた。一時期プールに通っていたから泳ぎは得意なのだ。

まっすぐ上に向かっていると、やがて水から顔が出る。

「――ぷはっ！　って、ほんとにどうなってるんだこれ……？」

そこは幅の広い川の中ほどだった。

前方には五百メートル以上ある長い橋がかかっている。本当に大きな川だ。

足首までしか水がない浅瀬から、なぜ突然こんな場所に……？

理解不能だったが、僕はいったん岸まで泳いだ。陸にあがると、作業着姿の中年男性と麦わら帽子の少女が遠くから駆けてくる。どちらも見たことがない。

作業着の男が叫ぶように言う。

「大丈夫かぁっ？」

僕は声を張りあげて答える。

「この姿がそう見えますかーっ？　全身ぐっしょりですよ！」

作業着の男は間近まで来ると、僕を頭から爪先まで食い入るように見た。そして唖然《あぜん》とした顔で呟く。

「なんか……意外と平気そうだな」

「え？」

「痛いところとかないのか？　あれだけの事故で」

男が言葉を続ける前に、遅れて追いついた麦わら帽子の少女が割って入る。

「あ、あのっ……あのっ！」

そう言って口をぱくぱくさせる彼女の顔色は真っ青だった。僕に向かってしきりに何か訴えるが、動転していて言葉にならない。

「わたっ……わたっ！」

僕は彼女を安心させるために微笑んだ。

「落ち着きなって。俺は大丈夫。それより何を言ってるのかさっぱりだからさ。ひとまず深呼吸してくれよ。はい吸ってー、吐いてー、また吸ってー」

麦わら帽子の少女はうなずくと、素直に呼吸をくり返す。

「で、何があったんですか？」僕は作業着の男に顔を向けた。

「やっぱり平気じゃないな。記憶が飛んでる」彼は眉をひそめた。「じきに警察と救急車が来る。そしたら病院に……」

「病院？　いやぁ、いきなりそんなこと言われても。くわしく説明してくださいよ」

僕の言葉に、彼は「えっと、その」と震える声で言った。

「事故ってしまって……。運転ミスで、その……君をはねた」

「は？」

「ほら、橋の上にトラックが止まってるの見えるだろ」

見上げると、たしかに橋のフェンスに車が突っこんで止まっている。異様な光景だ。

「あそこから吹っ飛ばされたとでも？　まさか。冗談でしょ？」

「運がよかったとしか言えない。もしかしたら、あのリュックが衝撃を吸収してくれたのかも……」

「リュックってリュックサック？　べつに背負ってないですけど」僕はとまどう。

「破れて、もう流されていったよ」

あとから聞いた話では、それは麦わら帽子の少女の所有物だったらしい。

彼女の荷物を僕が持ってあげていて、それがクッションになったから奇跡的に無傷でいられた。だとしたら彼女は間接的な命の恩人——と言いたいところだが、そもそも僕は彼女をかばって車にはねられたのだという。

だったら貸し借りゼロ。そういうことにしておこう。

ともかく、それらは一連のトラブルが落ち着いて帰宅後に知ったことだ。このときの僕はまだ混乱の只中《ただなか》にあり、事態についていけていなかった。

「とにかくすまん！　申し訳なかった！」

川の水をしたたらせる僕の前で、作業着の男は土下座する。

「この通り、本当にすまない！　でも命があってよかったよ。命があって……」

男は地面に頭をこすりつけ、やがて遠くからサイレンの音が近づいてくる。

とんだことになったな、と思いながら僕はくしゃみをした。

でも、これは長く数奇な物語の、ほんの序章にすぎなかったのだ。


すぐにパトカーが三台やってきた。僕らは警察官に事故のいきさつを訊かれた。

でも正直、何を話せばいいのか僕にはわからない。だって気づいたときには水の中にいたのだから。

仕方なく「ショックで何も覚えてなくて……」と答えていると、代わりに作業着の男と麦わら帽子の少女が答えてくれる。これもあとで知ったことだが、作業着の男、つまり運転手の全面的な過失という話にまとまったそうだ。

それから僕はストレッチャーで救急車の中に運ばれる。麦わら帽子の少女も僕に付き添って車に乗ってくれた。

そして、いつまでも麦わら帽子の少女と呼び続けるのも失礼な話だろう。

「ところでさ。君、なんて名前？」僕は訊いてみた。

「えっ？　ああそっか。記憶が……」

可哀想《かわいそう》、と言いたげに彼女は眉根をよせて「麻百合《まゆり》」と名乗る。

「さっき自己紹介したばかりだけど、雪見《ゆきみ》麻百合」

「ふうん」

シンプルできれいな名前だな、と僕は思う。

麻百合は前髪が長めで黒目がちの、内気そうな女の子だった。着ているのは半袖のシャツとチェック柄のスカート。肌は雪のように――とまではいかないが、とても白い。たぶんインドア派なのだ。外で大勢とバーベキューパーティをするよりも、家で身内とたこ焼きパーティをするのが好きなタイプに見えた。

「いろいろとありがとう、雪見さん」

「麻百合でいいよ。従妹《いとこ》だし、年も同じ十二歳だし。……覚えてる？　わたしの両親、しばらく外国に行くの。今日からわたし、ナツキくんの家にお世話になるんだよ」

「へぇ、そうなんだ。間借りってやつだね」

直後に僕はぎくりとしてストレッチャーから起きあがりかける。体をくるベルトが、ぎしっと鳴った。

「……今なんて？　君が従妹っ？」僕は言った。

「そうだけど」

「ナツキくんっていうのは？」

「あなたの名前」

おかしい。彼女が何を言っているのか、まったく理解できない。

麻百合は不思議そうに目をしばたたいていたが、やがて「あぁ、そうだよね……。あれだけの事故だったんだもん。頭もまだ本調子じゃないよね」と言った。

よくわからないが、彼女の態度を見る限り、かつがれているようには思えない。状況を正しく見定める必要がある。より根本的なところから。

「ところでさ。俺って……そもそもどこの誰だっけ？」僕は尋ねた。

「あぁ！」

麻百合は一瞬泣きそうな顔をする。「それもわかんなくなっちゃったんだ？」

「いやまぁ、たぶんすぐに思い出すけど……。でも一応教えて？」

「いいけど」

嵯峨ナツキ、と彼女は言った。

「あなたの名前は嵯峨ナツキっていうの。十二歳で小学六年生。趣味は読書とユーチューブの動画を見ることで、好きな食べものはチョコレート。わたしが知ってるのはそれくらいかな。だって実際に会ったのは今日が初めてなんだもん」

「嵯峨ナツキ……」

誰だろう？　うちには親戚が多いのだが、ナツキという名前に聞き覚えはない。苗《みよう》字《じ》が同じ嵯峨なのは偶然なのだろうか？　でもまあ今は置いておこう。

「ユーチューブって？」

「えっとね。これ」

麻百合はポケットから一枚の薄いカードを取り出し、こちらに見せる。

驚いたことに、それはカードではなくコンピュータだった。表面がまるごと画面になっていて、その中では異様に高画質の動画がなめらかに再生されている。

「なんだこれ……インターネット？　こんなサイトがあったのか……。ていうか、この機械は何？　ＰＤＡとかポケットＰＣみたいなもの？」

「何それ」麻百合はぽかんとした。「べつに、子供用の古いスマホだよ。ナツキくんも持ってるでしょ。あ、ポケットに入れっぱなし？　防水機能ついてるのかな？」

「ス、スマホ……？」

なんだか間抜けな語感だなと思いながら、僕はパンツのポケットに手を入れる。ストレッチャーのベルトのせいで動きにくいが、中には携帯電話が入っているはずだった。二〇〇二年としては最新型のＦＯＭＡというシリーズだ。

でも取り出すと、それは見知らぬ物体に変わっていた。ボタンがほとんどついていない洗練されたデザインで、ボディはチョコレートの板よりも薄い。もはや遊戯王《ゆうぎおう》などのカードに近い。ぱきっと折って食べることができそうだ。

「あ、りんごマークのスマホ」麻百合が言う。

「りんご？」

僕がそれを裏返すと、見覚えのあるマークが刻まれていた。

「ええっ？　アップル製品なのかっ？」

もともとパソコンには興味があったから、アップルコンピュータのロゴくらいは知っていた。賛否両論あるが、やっぱりスティーブ・ジョブズは格好いいと思うし、中学生になったら自分用のＭａｃが欲しいとも考えていた。

このときすでにジョブズが死去していて、アップルコンピュータもアップルに社名が変わっていると知ったのは、相当あとになってからだった。

「じゃあこれは……iPodの新しい種類なのか？」

「さっきから何言ってるの、ナツキくん？　小学生用のスマホだってば」

「わっ？」

あちこち触っているうちに電源が入り、スマホとやらの画面が明るくなる。

その発色の美しさに僕は息をのんだ。すごい解像度だ。しかも画面に触れると指で操作できる。こんなに優れたコンピュータを僕は今まで見たことがない。

夢中で触っていると、やがて信じられない表示が目に入る。

「えええっ？」

「今度はどうしたの、ナツキくんっ？」

「マ、マジかっ……？」

僕が見ているのは画面内のカレンダー。そこには今日の日付が二〇三二年の七月一日と表示されていた。水没したせいで故障したのだろうか？　いや、念のため――。

「あのさ、麻百合。今日って……その、何年の何月何日だっけ？」

僕がこわごわ尋ねると、麻百合はそっと息を吐いて「二〇三二年」と言う。

「七月一日だよ。他には何が訊きたい？」

僕は目の前がくらっとする。

それって三十年後じゃないか！

思わず倒れそうになったが、すでにストレッチャーに寝かされていた。ぼうっとなりながら、僕は同じことを何度も麻百合に訊く。そのたびに彼女は丁寧に答えてくれた。

「もう一回言おうか？」

「あ、あぁ……ごめんよ。俺、本気で混乱してて」

「いいの。もうすぐ病院だし、きっとよくなるから」

それはどうだろう。いや、もはや直面した現実をそのまま受け入れるしかないのだろう。

ここは二〇〇二年ではなく、二〇三二年の七月一日。

今の僕は嵯峨愁ではなく、嵯峨ナツキ。

どういうわけだか、僕は三十年後のそいつの体に乗り移ってしまったのだ。

それが事実だと身に染みて思い知ったのは、病院に着いてからだった。診察室に行く前に、僕はどうしてもと頼んでトイレに行かせてもらった。そして鏡を見た。

「こいつが……ナツキってやつか」

鏡に映る姿は、普段の自分とはまるで別人。

僕よりも背が高く、清潔な黒髪と切れ長の目が特徴的だった。着衣はミリタリー風の半袖シャツと細いパンツ。中学生だと言っても充分に通用する、大人びた風貌の少年だ。

ともかく、これで否応《いやおう》なく理解した。

「今の俺は……二〇三二年の嵯峨ナツキってやつなんだな……？」

ぶつぶつ言いながら、青い顔でトイレから出てきた僕を見て、まずいと思ったのだろう。看護師たちが「君、急いで！」と僕を医師のもとへ連れていく。

いかにもベテランという感じの男性医師が僕を診察した。

ほぼ確実に無傷だということだった。

もちろんその後も、さらに調べられる。血液検査を受けて、レントゲンを撮ってもらい、脳に異常がないかＭＲＩ検査もしてもらった。

検査を終えて、トイレでもう一度じっくり顔を見てから僕が診察室に戻ると、さっきの医師と知らない女性が話をしている。

垢抜《あかぬ》けた雰囲気の美人だった。見た目は三十代後半。淡い色合いの髪をふたつに束ね、ゆったりしたシャツと白いデニムを身につけている。

僕に気づくと、彼女ははっとした顔で駆けよってきた。

「ナツキ！」

「――むぎゅっ？」

いきなり彼女は僕を抱きしめた。

なぜだろう。初対面の人なのに、どこか懐かしいような安心感に包まれる。

「ごめんね、遅くなって……。連絡が来て、慌てて事故現場に行ったら、病院に搬送されたあとだったの。そのあとは道が渋滞してて」

そうか、と僕は思う。この人は嵯峨ナツキの母親なんだ――。

「早かったよ、充分」と僕は言った。

「でもよかった。無事でほんとに！」

抱きしめる手に力がこもり、彼女の強い感情が全身から伝わってくる。らしくもなく僕は「ありがとう……。ほっとしたよ」なんて呟いていた。

「ふふ、ナツキ。怖かったのね？」

「まさか」

僕は少し赤くなった。「そんなわけない」

「かっこつけちゃって」嵯峨ナツキの母親はふふっと笑う。

「ち、違う……」

「でもね、もう安心。検査の結果はどれも正常だって。すごいんだよ？　本当にまったく何の異常もなかったそうだから」

「へえ。強運の持ち主なんだね」

僕が？　それとも嵯峨ナツキが？　そんなことを考えながら何気なく医師に顔を向けると、彼は力強くうなずく。

「安心していいですよ」

「……もうしてるよ」

「それではお大事に」と医師は言った。

僕らは診察室を出ると、待合室にいた麻百合と合流して、会計の窓口に向かう。

検査だけとはいえ、医療費は高額だった。でもこれは最終的には全額、運転手の保険会社から支払われるらしい。慰謝料や示談金とは、べつの扱いになるのだとナツキの母は説明した。

当時の僕にはよくわからなかったが、この時点で先方と大まかな話は済ませていたようだ。優しそうな外見だが、機敏な人らしい。

病院の領収書をもらうと、僕らは三人でタクシーに乗った。

＊

嵯峨ナツキの家に向かうタクシーの中で、僕は考えた。

何にせよ、僕は未来に住む嵯峨ナツキに乗り移ってしまった。これはもう事実として認めるしかない。今の僕は嵯峨愁ではなく嵯峨ナツキなのだ。

でも嵯峨ナツキって誰なんだ……？

それはやはりどうしても気になる。幸い、ナツキの母も麻百合も僕の正体に気づいてはいなかった。当面は彼女たちのところに世話になるとして、ナツキはどんな生い立ちの、どういう人なんだろう？

やがて僕らがタクシーから降りると、洋風の一軒家があった。

ベージュ色の屋根にタイル調の壁。長方形の窓が不思議な配置で並んでいる。建物の右部分がへこんで小さな庭になっているが、何も植えられてはいない。

「素敵なセンスの家だね」

僕は正直な感想をぽろりと言い、慌てて口を閉じた。

「ありがとう？」ナツキの母が怪訝《けげん》そうに答える。「まぁ、ローンが今でも大変なんだけどね。あんなことが起きるなんて、当時は夢にも思ってなかったから」

「あんなことって？」

僕の言葉が聞こえなかったのか、ナツキの母は玄関のドアを開けて明るく言う。

「さあ入って。テーブルの上が散らかってるけど、気にしちゃだめよ。ほらー、遠慮しないで、麻百合ちゃんも」

「はい、今日からお世話になります！」麻百合はぺこりとお辞儀をした。

僕は靴を脱ぐと、そろそろと家にあがって言う。

「お邪魔しまーす……じゃなくて、ただいま」

「お邪魔します」麻百合も家にあがる。

「麻百合ちゃんはわたしについてきて。二階の奥に部屋を用意しておいたから」

「あ、すみません……。ありがとうございます」

「いいからいいから。いらっしゃい」

朗らかに言うと、ナツキの母は麻百合を連れて階段をのぼっていった。

「ん」

ひとり残された僕はとりあえず、すぐ右手のリビングルームに入ってみる。

清潔な広いリビングだった。フローリングの床に赤いソファが三つ置かれていて、その先の壁には透明な薄い板がかかっている。さすがに未来のインテリアは変わってるな、と僕は思った。その薄い板がＴＶやネットの動画を映すためのディスプレイだと知るのは翌日のことだった。

テーブルの上には、なぜか食材が大量に並んでいた。家族によく食べる人がいるのだろうか。もしかすると僕なのか、と思いながら僕は壁沿いにぶらぶら歩く。

棚の上には、いかにも大切そうなフォトスタンドがあった。

中には三人が寄りそう家族写真が飾られている。撮影は数年前だろう。中央にいるのは今の僕よりも少し幼い嵯峨ナツキ。右にいるのはナツキの母。左の男性はきっとナツキの父だ。そうに決まっているのだが――。

なんだろう。やけに胸がざわつく。

「この人、どこかで……？」

やがてナツキの母が階段をおりてきて、リビングに顔を出す。

「あらナツキ、ここにいたんだ。どうしたの？　おなか空いた？」

「あ、あのさ」

少し迷ったが、知る必要がある。僕は彼女にフォトスタンドを向けて言った。

「事故のショックで、記憶がところどころ飛んでるんだ。だから一応確認したいんだけど……この男の人って？」

するとナツキの母が、ふっと真剣な顔になる。そして無言で僕の正面まで来ると、屈《かが》んで目を合わせた。彼女の瞳の中では何かの感情が、ちらちらと激しく揺れていた。

「この人はね……あなたのお父さん。嵯峨愁」

僕は絶句した。

「お父さんは四年前に肺がんで死んじゃったの。まだ三十八歳の若さだったんだよ。でもね、あなたのことをすごく可愛《かわい》がってた。それはもう本当に、心からあなたを愛していたの。だからもう忘れないで。さすがに可哀想だから」

僕が頭をこくこく振ると、ナツキの母は淋《さみ》しそうに微笑んで立ちあがる。

「でも、これからは麻百合ちゃんも入れて、三人家族みたいなものかな。また、にぎやかになるといいけど……。うん。それじゃお母さん、料理の続きをするね」

キッチンに向かう彼女の背中を、ぼんやり眺めて僕は思う。

道理で見覚えがあるわけだ。あの男性には僕の面影があったのだ。

あれは未来の嵯峨愁——。三十八歳になった僕自身であり、この世界だと四年前に死んでいる。そして息子のナツキは現在、母子家庭で健気《けなげ》に生きているのだ。

「は、はは……」

今日一番の衝撃に乾いた笑いがこぼれた。


しばらくして夕食の時間になった。麻百合の歓迎会ということで、ごちそうがダイニングルームのテーブルに並ぶ。

トマトとモッツァレラチーズを使った冷製パスタ。さくっと香ばしいオニオンリングに、えびのフリッター。大きなオムレツと稲荷寿司《いなりずし》と、鶏《とり》の唐揚げとローストビーフ。三角形に切った赤いスイカ。

和洋折衷というか、おいしそうなものを手当たりしだい集めた感じのメニューだが、だからこそ強い愛情が伝わってくる。

料理を旺盛にぱくつく僕らを見て、ナツキの母がにっこりと尋ねた。

「どう、ふたりとも？口に合う？」

「すごくおいしいです」興奮気味に麻百合が答えた。「もう止まらない！」

「ほんと、最高だよ」僕もうなずく。

でも本音を言うと、僕には味がよくわからなかった。味覚が半ば麻痺《まひ》していてゴムでも噛《か》んでいるようだ。さっきのショックが尾を引いている。

三十年後には自分が死んでいること。そしてその世界で息子に乗り移っているという状況――。それはあまりにも奇妙な感覚なのだ。

一通りの料理に手をつけると、僕は箸を置く。

「……ごちそうさま」

「あら、もういいの？」

「今日はもう、おなかがいっぱいで。でもうまかったよ、ほんと」

「なら、いいんだけど」

不思議そうに首をかしげる彼女に「ばっちりさ！」と親指を立てて、僕はダイニングルームを出る。

階段をのぼると、二階にはナツキの部屋があった。入ってドアを閉めて、息を吐く。

自分の部屋はやっぱり落ち着く――いや、違う。三十年後の世界に住んでいる僕の息子、十二歳の嵯峨ナツキの部屋だ。

僕の人生においてはまだ存在すらしていない、同い年の僕の息子。それが今の僕。

「実感、湧かないよな……。息子どころか、まだ女子とつきあったことすらないのに」

本当にとんだことになったと思いながら、僕は部屋内を見回す。そこはきれいに片づいていて、本来の僕の部屋とは大違いだった。

壁は無地の明るいホワイト。部屋の隅にはベッドや学習机が置かれている。

棚の上には懐かしいアンティークが飾られていて、「へぇ」と驚いた。

それは僕が昔、羊山公園《ひつじやまこうえん》のフリーマーケットで買った金庫だった。結局は使わずに放置していたのだが、まさか未来の息子がインテリアにしているとは思わなかった。

壁際には本棚があった。未来の本だから知らない題名ばかりだが、よく見るとカフカの「変身」や「ジーキル博士とハイド氏」などの有名な古典作品もある。

「……本が好きなんだな、ナツキは」

部屋には住む者の人となりが出るという。その話の真偽はともかく、僕はナツキに親近感を持った。彼はこういった本を読み、このベッドで眠り、この整理整頓された部屋で日々を過ごしていたのだ。母親に守られて至極まっとうに。なぜか心があたたまる。

「ナツキ……か」

僕はベッドに倒れこんで考えた。ナツキ本人は今どこでどうしているのだろう？

現在この体の中にいるのは僕ひとりだけ。それは本能的にわかるのだ。間違いない。

だったら考えられる答えはひとつ。

「……俺の体に入ってるんだよな」

僕と同じように、二〇三二年の嵯峨ナツキの心は、二〇〇二年の嵯峨愁の体に乗り移っているのだろう。つまり同じ十二歳のときの父と息子の精神が、すっぽりと入れ替わったわけだ。

そもそも荒川の浅瀬で聞こえたあの声も言っていたじゃないか。『君とゆかりのある者と、人生を取り替えるよ』と。あれがなんだったのかは見当もつかないが、結果的にはこういう意味だったらしい。

「……冗談じゃない」

僕は溜息《ためいき》をついて考える。

三十年も過去の世界で、今ごろナツキはうまくやれているのだろうか？

いや、むしろ僕の方こそ今後まともにやっていけるのか怪しい。本当に、どうしてこんな現象が起きてしまったのだろう？　どうすれば僕らは元の体に戻れるのか？

いくら考えても疑問は尽きず、やがて僕は強い睡魔に襲われた。

2

夢を見ている。

その夢の中で、僕は木々に囲まれた神社にいた。降り注ぐ日差しは夏のものだが、セミの声は聞こえない。無人の境内は静まり返っている。

「ここは――」

周囲を観察するうちに、前にも来たことがある場所だと気づいた。

「あ……。なんだ。水鏡《みかがみ》神社じゃないか」

古くて地元民からも半ば忘れられているが、ここは嵯峨家の人間が宮司を務める神社だった。昔からの習わしで、水鏡と呼ばれる不思議な神を祀《まつ》っているのだ。

とはいえ、僕の父の嵯峨敏夫は四男だったから、神職とは関係のない分野に進んだ。今は父の一番上の兄――僕からすれば伯父があとを継いでいる。伯父と父の敏夫は仲がよくなかったらしく、この神社には幼少期に何度か来たきりだったけれど。

夢の中の神社を意味もなく歩きまわっていると、境内の奥に人影をみつけた。

細長い石碑の前に、白い着物と袴《はかま》を身につけた白髪の老人がいる。よく見ると僕の祖父だ。七十代で、すでに隠居しているはずだが、元気そうだった。

「……お祖父《じい》ちゃん！」

僕はうれしくなって祖父に駆けよる。

最後に会ったときから彼は変わっていない。夢ってそういうものだ。祖父は笑顔で僕の頭を撫《な》でると、石碑に向き直って語り出す。

「えっと……お祖父ちゃん？」

僕はまばたきした。祖父の言葉が一向に聞き取れなかったからだ。

聞き取れないというか、音がしない。たしかに口を動かしてはいるのだが、空気が震えないのだ。

「聞こえないよ、お祖父ちゃん……。お祖父ちゃんってば！」

僕が言葉をかけると、祖父は悲しそうな顔をした。そしてかぶりを振り、何か真剣に語りかけてくる。それでもやはり聞こえない。

祖父は今度は石碑を指さし、口をぱくぱくと一生懸命に動かし始めた。

もういいんだ、お祖父ちゃん、と僕は心の中で言った。その石碑に刻まれた文章の内容は知っている。だって前に教えてくれたじゃないか。覚えているから——。

そこまで念じたところで目が覚めた。

朝だった。

窓から七月の明るく澄んだ光が差している。寝起きの声で僕は呟く。

「……夢ってそういうもんだよね」

でもそれにしては、やけに意味深な夢だった。起きると普通はすぐに忘れるのに覚えているあたりも珍しい。次の瞬間、何かが脳裏に閃く。

「え、まさか……。そういうことなのか？」

僕はベッドから起きて部屋の中を眺めまわす。

とくに昨夜から変わった様子はない。よし、二〇三二年のままだ。鏡を覗《のぞ》くと映っているのは、切れ長の目が不敵な嵯峨ナツキ。よし、やっぱり彼のままだ。

「そういうことなら――」

僕は考える。一晩寝たら元に戻っているとかではなくてよかった。これならこれでいい。僕の仮説が正しければ、今の状況は間違っていない。こ、こ、このままで、い、いいんだ。

ただし、やれることはしっかりやっておこう。今のうちに。

*

それから僕は着替えをして、教科書とノートをランドセルにつめた。

階段をおりて一階のリビングに行き、「おはよう」と挨拶すると、朝食の用意をしていたナツキの母が驚いた顔で振り返る。

「どうしたの、ナツキ？　ねぼすけさんなのに今朝は早いのね」

「あは。あいつ、ねぼすけなんだ」

僕は苦笑し、それから「いえ、ちょっと心を入れ替えまして！」とごまかす。

「なんで急に敬語？」

「ほら、あれだよ……。俺も来年からは中学生だしさ。もっとこう張り切って、まじめに生きていこうかなと」

「自分のこと、俺って言うようにしたんだ？」

ナツキの母はわずかに目を細めた。

「いいんじゃない？　それに、まじめにやるのもいいことだよ。今までも充分まじめだったとは思うけど、そんなふうに、やる気満々って感じでもなかったもんね」

「ふうん。そうなんだ？」

「ま、そこはきっとわたしに似たんだとは思うけど。争いごとが嫌いで、おっとりして、心優しくて上品で」

ナツキの母は「あぁ、花のような母と子！」と言って胸の前で手を組む。この人ちょっと天然みたいだな、と僕は半眼で考えた。

まあいい。ともかく僕は今日から嵯峨ナツキとして本気を出す。勉強にもスポーツにも真剣に取り組む。友達も増やす。そうするべき理由が現在の僕にはある。元の世界にいたときは日々に退屈していたが、休憩時間は終わりだ。今はできる限りのことをしたい。あの水鏡の言い伝えを信じて——。

やがて麻百合がリビングに降りてきて、僕らは三人で朝食をとる。

とろけるチーズとハムをのせたトーストと、ゆでたまごと新鮮な野菜サラダ。それらを残さず食べたあと、僕と麻百合は学校に行くことにした。彼女も今日から同じ小学校に通うらしい。

「行ってきます！」僕と麻百合は声をそろえた。

「うん、行ってらっしゃい。ナツキ、麻百合ちゃんの道案内、よろしくね！」

麻百合が横で「わたし、ちゃんと知ってるよ」と目くばせする。じつのところ僕は学校の正確な場所を知らなかったから、助かった。

町並みは僕が住んでいた秩父市より、かなり都会的だった。建物は背が高くてデザインがすっきりしている。道路はフラットで清潔だ。ひとつひとつをじっくり見ると意外と普通なのだが、全体的に洗練されている。

さすが二〇三二年。都心の方に行くと、もっとすごいのだろう。

歩いて十分もかからない場所に小学校はあった。未来らしく、高いフェンスで厳重に囲まれている。男女共学の公立小学校だそうだ。

「じゃあナツキくん、わたし、先生と話があるから」

「わかった。先に行ってる」

麻百合は廊下の先にある職員室へ。そして僕はひとりでクラスへ向かった。たしかナツキの持ち物に六年一組と書いてあったよな……と思いながら。

廊下には明るい光沢があった。壁に掲示板などはなく、代わりに液晶画面がいくつも取りつけられて、映像が流れている。それは給食のメニューだったり、行事のお知らせだったり、イベントの写真だったり。

いや、見入っている場合じゃない。

生徒の数が少ないのか、六年生は二クラスしかなかった。僕は六年一組の教室の前で立ち止まると、中をうかがう。

「へえ……」

意外にも、教室内の様子はあまり変わっていなかった。根本的には。

もちろん三十年前の秩父の小学校より内装はきれいだ。でも机がずらりと並び、正面に黒板がある点は同じ。生徒が複数のグループを作って、お喋《しゃべ》りしている点も同じ。だったら、まずまず似たようなものじゃないか？　いつだって学校は学校なのだ。

ちなみに黒板の横には大きなディスプレイがある。後日、その画面の名前を聞いたところ電子黒板というらしい。今はなんでも電子化する時代なのだ。

いつか電子なわとびや、電子跳び箱なんかも登場するのかもしれない。

生徒たちは談笑しながら、みんなカード状の子供用スマートフォン（スマホというのは語感が間抜けな気がするから、心の中ではそう呼びたい）をいじっている。

麻百合の話によると、二〇三二年の子供は、みんな親にこれを持たされる。ほぼ生活必需品なのだそうだ。

「そう考えると、やっぱり未来だな」

深呼吸して教室に入ると、皆があっと僕に注目した。そして仔犬《こいぬ》の群れのように勢いよく駆けてきて、僕を囲む。

「な、なんだい……？」

とまどう僕に身を乗り出し、皆が矢継ぎ早に訊いてきた。

「ナツキくん、戸田橋《とだばし》から川に落ちたんでしょっ？　平気っ？」

「怖くなかった？　怪我《けが》とかはっ？」

「よく無事だったよねぇ。ナツキくんって運動神経いいんだ！」

皆の勢いに押されながらも、僕はどうにか片手をひろげて言う。

「あ、あぁ……。大したことないって。夏だし、ちょうど泳ぎたい気分でさ。だいたい今って二〇三二年だろ。川に落ちるくらい、そんなに騒ぐようなこと？」

クラスメートは全員ぽかんとする。痛いような沈黙の中で、すべったかな……と僕はひそかに汗をかいた。

でも杞憂《きゆう》だった。

「すごーい！」

「ナツキくん、なんか急にワイルド！」

皆の称賛の声を聞き、僕はほっと胸を撫でおろして言う。

「そんなつもりはなかったけど、昨日のことで一皮剝《む》けたんだろうね。昨日までの俺とはもう違うよ。でもまぁ、今後ともよろしく」

「すごいなあ。ナツキくん、イメチェンだよ」

「なんか似合ってる」

「素敵かも！」

男子も女子もこぞって僕に感心して話しかけてくる。人気者の誕生。どうやら僕は違和感をうまく活《い》かし、クラスに溶けこむことに成功したようだ。

ところがやがて皆の輪の外から、人を食ったような明るい声が響く。

「どうかな。ほんとにそうなの？」

皆がさっと道を開けた。

近づいてきたのは垢抜けた少年。周囲の反応から察するに、クラスでも一目置かれる存在なのだろう。見た目も派手だった。人好きのする顔立ちで、ピノキオみたいに鼻が高い。もちろんのびる前の鼻だ。蛍光色のグリーンと黒のシャツを着て、スターバックスのタンブラーを右手に握っていた。三十年後もあるんだなぁ、と僕は思う。

「オギノメくん」と誰かが言った。

派手な少年は僕の前まで来ると「アイスカフェモカ」と呟く。

甘いものが好きな人らしい。たしかにそんな外見だ。彼はタンブラーの飲み口に唇をつけて中身を飲むと、さわやかに目を細める。

「んー。おいしー」

「俺も好きだよ、アイスカフェモカ」と僕は言ってみた。

「いやいや、これはただのアイスティー。冷たい紅茶だよ」

なんなんだ、と僕は思う。

「それはそうと変だよねぇ。ナツキくんって、たしか泳げないはずだろ。そんな人がどうして急に余裕で泳げちゃうのかな？」

「……気になる？」

「べつに。ただ、なんか嘘《うそ》つきの匂いがするなぁと思って」

「何？」

僕は眉をひそめた。外見こそ明るいが、彼の口調には淡い毒がにじんでいた。

「オギノメ」と僕は呟く。

「なんだい？」

「合ってた」

僕は口角を上げて続けた。

「うん。まぁ、そんな細かいことにこだわるなよ、名探偵オギノメくん。その気になれば犬だって泳げるんだ。人間なら、なおさらだろ?」

「へえ……。言うようになったね。ぼくはてっきり例のビョーキかと。ついに実行したのかって思ってたんだけどな」

「は? なんだって?」僕は片眉を持ちあげる。「ビョーキ……?」

「命に関わるあれだよ。自分が一番よくわかってるくせに」

残念ながら何を言っているのかさっぱりだった。妙に思わせぶりな口調に少し苛立《いらだ》ってもいた。僕が無言で睨《にら》むと、「だから何?」と言いたげにオギノメはアイスティーを飲む。そして、ふと何かに気づいて離れていった。

見ると、教室の入口から私服姿の女性が入ってくる。クラス担任だろう。案の定、「みんな席についてー」と彼女は言う。

まあいい。仕切り直しだ。

クラスメートは散り散りに席へ向かい、僕も前の方に残っていた空席に座る。

朝の会が始まった。

「じゃあ今日は転校生を紹介します。おいで、雪見さん」

「はいっ!」

担任の先生に呼ばれて、緊張気味に教室に入ってきたのは麻百合だった。なんだ、同じクラスだったのか。だったら最初から言ってくれればいいのにと僕は思う。

可愛いね、と女子たちがささやいていた。

自己紹介をするようにクラス担任に言われて、麻百合は黒板に名前を書くと、僕らに向き直った。そして上気した顔で「あ、あの……あのっ！」とうわずった声を出す。あがっているようだ。

僕らは静かにしていたが、それで余計に緊張したのかもしれない。麻百合の話は一向に進まず、口からは「あの」以外の言葉が出てこなかった。

仕方ない。僕は拳で机をこんと叩《たた》いて言う。

「麻百合！」

はっと彼女がこちらに顔を向ける。その瞬間、僕は自分の鼻を指で持ちあげて豚のようにしながらクールに麻百合を見据えた。

「……ぷふーっ！」

刹那、麻百合が変な声で噴き出して、その場に屈む。両手で口を押さえてこらえようとしているが、漏れる笑い声は隠せていない。……僕には笑いの才能があるようだ。

まもなく麻百合は立ち直り、「はじめまして、雪見麻百合です。趣味はお菓子づくりです。よろしくお願いします！」といたって無難に自己紹介を済ませた。

＊

麻百合が席につき、朝の会が終わると授業が始まった。

未来の授業はすごく難しいんじゃないかという不安があった。でも実際に体験するとそんなことはなく、むしろ元の世界の授業よりも丁寧で理解しやすかった。

電子黒板に映し出された問題にペンを向けて、先生が尋ねる。

「この表の問題、わかる人ー」

「はい」

「あら、珍しく積極的ね。じゃあ嵯峨くん、やってみて」

「表のyをxで割ると、つねに20です。だからxが1のときにyが20で、2のときは40で……というふうに、比例のグラフは0の点を通る直線になります」

「せいかーい。嵯峨くん、やっぱり算数は得意ねぇ。もっと普段から張り切って手を挙げてね？」

「……これからは挙げますよ」

算数の時間だけじゃない。国語でも理科でも社会でも、僕は積極的に打って出た。

この学校の時間割には驚いたことに英語とプログラミングがある。未経験のそれらはさすがに苦手だったが、他の状況では可能な限り、自分の力を周りに見せた。ちょっとしたアピールだ。

元の世界にいたときは面倒くさくて授業中に手を挙げたことはない。でもそれが誰かのためになるのなら話は違う。

「とりかえばや……」と僕は呟く。

そう、昨日見た夢の中で思い出したのだ。水鏡の言い伝えを。

幼いころに連れていってもらった水鏡神社で、僕は祖父からその話を聞いた。

その昔、嵯峨家の遠い先祖が水鏡という精霊に会った。いたずら好きの水鏡は、たまたま出会った継母《ままはは》と娘の心を入れ替えてしまったのだという。

一年間だ。そのあいだ交換された人生は元に戻らない。昔の一年は現代の一年とは重みが違う。いわば命を部分的に混ぜ合わせるようなものだ。

でも決して悪いことばかりではなかった。

それまで継母は娘に辛《つら》く当たっていたが、この経験を通じて反省する。ものごとを相手の立場で考えられるようになったのだ。一年後に元に戻ってからは別人のように娘に優しくなったという。

結果として、ふたりは本当の意味で母娘《おやこ》になった。そして水鏡に感謝し、小さな社を建てる。それが次第に人々の耳目を集め、ご利益があるとされて、水鏡は精霊から土地の神へ転じていったのだそうだ。

とりかえばや記聞、と祖父は言っていた。昨夜、夢の中でひさしぶりに会って、僕はその昔話を思い出したのだった。

あれはたぶん普通の夢じゃない。いわゆる夢枕だ。困っている孫を見かねて、先代の宮司である祖父が、からくりを教えてくれたんじゃないのか？

今のところ、僕はそう思っている。

今のところ、他にすがるものがないから。

そしてここからは状況を踏まえた推測だが、車にはねられて川に落ちたナツキは溺れる寸前、奇跡的にこの現象を起こした。それに僕は巻きこまれたのではないだろうか？

おそらくそうなのだ。間違いないと僕の直感が言っている。

でも一年経《た》てば自動的に元に戻ると考えると、やっておきたいことがあった。

「まぁ、ちょっとしたプレゼントだね……」

ナツキが元の人生に戻ってきたとき、今より立場がよくなっていればうれしいだろう。成績がよければ教師の見る目も違うし、友達が増えていれば毎日がもっと充実する。そんな置き土産を残してやりたい。未来の父親として――と言いたいところだが、あまり深い意味はなかった。単なる善意からのいたずらというか、茶目っ気だ。

入れ替わった以上、僕は今を少しでも意味のある時間にしたかった。

やがて社会の時間になって先生が問題を出す。

「じゃあ平城京に都が移ったのは何年だったかな？　わかる人ー」

「はい。七一〇年です。奈良時代《ならじだい》です。和同開珎《わどうかいちん》です」

「嵯峨くん、せいかーい」

今度は理科の時間になる。

「三つのガラス瓶の中に、それぞれ違う気体が入っています。ろうそくが一番よく燃える瓶はどれかな？」

「はい、酸素の入ったびんです。燃焼とは酸素と結びつくことです」

「嵯峨くん、よくできましたー」

元の世界では僕はしらけ半分、大抵のことを適当にこなしていたのだが、今はどんな教科にも不思議と積極的に取り組めた。それは自分のためではなく、未来の息子のためだから――。当時はそう思いこんでいたけれど、本当はきっと違う。

そう、今思い返すと逆だったのだろう。

僕は未来の息子の体を通して教わっていたのだ。まともに取り組めば、世の中は意外と応えてくれる。それがわかると人生の感じ方も変わってくるということを。

あれから長い歳月が流れて大人になった今なら、苦い気分で認められる。

そんなことにも気づかなかったのは、やはりあのころの僕が未成熟で、少しだけ得意になっていて、何よりも幸せすぎたからなのだろう。

3

一週間が経った。

そのとき僕は学校から帰ってきて、いつものようにノートに日記をつけていた。

日記――。一年後に入れ替わりが解けたときのためだ。

この日記ノートには、その日の僕の体験を記録してある。受けた授業や学校行事など、事実をなるべく客観的に書くようにしていた。僕の行動をナツキに伝えるのが目的の日記だから、その方がいい。

「ま、大したものじゃないけど、つじつま合わせには役立つだろうし……」

最初は手書きではなく、データで残そうかとも思っていた。

でもスマートフォンで文章を書くのには慣れていないし、パソコンは使いにくい。

二〇三二年のコンピュータは性能が高すぎるのだ。ウィンドウズＸＰとはまるで違う。

そもそもパソコンにデータを残すと、親に見られて不審に思われるだろう。どんなファイルに何をしたのか、追跡する機能もあるようだ。

この家には、家族で使うデスクトップ型のパソコンと母専用のノートパソコンがあるのだが、僕はどちらにもなるべく触らないようにしていた。こういうときはアナログが一番だ。ノートに書いて教科書と一緒に机の引き出しに入れておけば、誰も疑わない。

僕は紙に鉛筆で今日の出来事を書きつけていく。

そしてふと思い出した。

「でも、あいつ……なんなんだろうな」

僕の学校生活はおおむね順調だった。入れ替わりに気づかれることもなく、授業やスポーツでは存在感をアピールし、クラスメートの人望も集めていた。

最近すごいねナツキくん、と毎日のように言われる。本当に何の問題もないのだ。ひとりを除いては。

「オギノメ……」

彼だけが妙に僕にからんでくる。

例えば今日は抜き打ちで、英単語の小テストが行われた。隣の席の人と用紙を取り替えて採点したのだが、僕の点数はいまいちだった。

仕方ない。元の小学校には英語の授業なんてなかったのだから。隣の女子も「ナツキくん、こんなに英語が苦手だったっけ?」と不思議そうに言っていた。

やがて授業が終わると、オギノメが満点のテスト用紙をひらつかせて僕の席まで来る。

残念ながら彼はクラスでも一、二を争う優等生なのだ。

「やあやあ、ナツキくん。君の点数は?」

「……なに? 英語力の自慢をしに来たわけ? いい趣味だね」

「違うよ。自慢なんかじゃない。ほんとほんと」

そう言った直後、オギノメは隙をついて「なんてね!」と僕のテスト用紙を見る。

「うわぁ、すっごい点数! 四十五点なんて、ぼくでも取ったことないよ。なんで急に
そんなふうになっちゃったの?」

「あんたねぇ……」

「ん? ぼく、自慢してないよね」オギノメは甘く微笑む。「自慢じゃないよ。ただ、
その逆のことを君にさせようとしてるだけ」

ああもうまったく、と僕は自分の部屋で日記ノートを前に呟く。

思い出していたら、また腹が立ってきた。彼は何がしたいのだろう? あの手のタイ
プには正直、お近づきになりたくないのだが、向こうから来る以上は仕方ない。

「あぁ、そういえば、他にもあったよな……」

考えたくないのに考えてしまう。今度は今日の昼休みのことが頭に浮かんできた。

僕が今通っている小学校の昼休みは六十分。給食を食べ終わった時点で自由に遊んでいい決まりだ。クラス担任もどこかへ行ってしまったそんな時間に、今日のオギノメは袋に入ったナッツをこれ見よがしに食べていた。

　彼はよくこういうことをする。ルールから一歩ではなく、半歩だけはみ出すのだ。例えば小学校にジュースを持ってくるのは禁止だが、夏は熱中症対策に麦茶やアイスティーを水筒に入れてくることを学校が推奨している。同じようにお菓子を持ってくるのは禁止だが、お弁当の時間に食べるフルーツなどは許されている。

　優等生のオギノメは、その境界線上をとても巧妙に渡るのだった。

「ナッツ食べる？　くるみとアーモンド。うまいよ」

　王子様のような笑顔で、彼は紙袋に入ったナッツを皆に配ってまわっていた。

「ありがとう、オギノメくん！」

「かりかりしてておいしい！」

　食べたクラスメートは一様に頰をほころばせ、オギノメ自身も破顔する。

「でしょ？　体にもいいらしいよ」

　やがてオギノメは僕のそばまで来た。おいしそうだし、僕も少し味見がしたい。

「ああ、次はナツキくんか」

　オギノメはにやにやして出し渋る。

一個くれよと頼もうかな——。そう考えた次の瞬間、オギノメは僕の前で紙袋を上に持ちあげた。そして残りのナッツを自分の口の中へ、ざあっとすべて注ぐ。大げさに咀《そ》嚼《しゃく》して飲みこむと彼は言った。

「ごめんごめん。ちょうどなくなっちゃったよ。残念でした！」

「いやそれ、残念じゃないし。目の前で食べられたからだし」

「だって急に小腹が空いたんだもん」

じゃあねー、と人懐こく笑って立ち去るオギノメの背中を見ながら「あいつは何がしたいんだ……？」と僕は眉間をひくひくさせたものだった。

いや、やめよう。この件を思い出すのはもうよそう。きっと彼は少しだけ気まぐれで、たまに意地悪なだけなのだ。

自分の部屋の学習机で姿勢を正し、僕は日記ノートに向き直る。

「ほんと、意味不明なやつだよ、オギノメ」

そう呟いて鉛筆を握ると、ふいに背後から細い声がする。

「いじめてるんだよ……」

振り返ると、僕の部屋のドアがわずかに開いていた。そして麻百合が顔を横半分だけ出して、こちらを見ている。じいいいっ。

「うわ、びっくりしたぁ！　脅かすなよ、麻百合」

「え？　そんなつもりないけど」

「そうなの……？　まぁ、とりあえず中に入りなよ」

「お邪魔します」

麻百合は僕の部屋に入ってくると、若干きょろきょろしてベッドに腰かける。

「で、さっきのってどういう意味？　いじめてるってやつ」僕は訊いた。

「ん……」

「麻百合、まさかいじめられてるのか？　だったら言いな。俺がなんとかする」

「違うよ、違う」麻百合はかぶりを振った。「いじめられてるのは、ナツキくん！」

「え？　誰に」

「だから、オギノメくんに」

「オギノメ？」僕はまばたきした。「なんで？　話が見えないんだけど」

「えっとね。どう説明すればいいのかな」

麻百合は少し言い淀《よど》んだあと、頬に手を当てて「調べたの」と言った。

「オギノメくんって、しょっちゅうナツキくんにからんでくるでしょ？　わたし気になって、クラスのいろんな人に話を聞いてみたんだ。そしたらね。オギノメくんはナツキくんのことを前からずっといじめてたんだって」

「はぁ……？　嘘だろ？」

「ほんと。オギノメくんってクラス一の優等生じゃない？　だから二番手のナツキくんに、何かと意地悪してるみたいなの……。成績が落ちるようにストレスをかけてるんじゃないかって話だった。見た目に似合わず陰険だよね。ただ、ナツキくんは ナツキくんで彼には興味なかったんだもんね。実際、みんなもそう言ってた。あからさまにどうでもよさそうにしてて、たぶん気づいてすらいなかったって。それがオギノメくんのプライドを傷つけてたとか、なんとか……。一部ではマイペース男子って呼ばれてるらしいよ、ナツキくん」

「マイペース男子」

「最近はナツキくんがイメチェンしたから、オギノメくんも出方に迷ってて。だからまわりくどい嫌がらせをしてるんじゃないかって話だった」

「そうか……」僕はまだ少し呆然《ぼうぜん》としながら言った。「あいつにいじめられてたのか、ナツキは――じゃなくて、俺は」

「う、うん」

あの腹黒王子め、と僕はオギノメの華やかな容姿を思い浮かべる。

何がしたいのか微妙にわからなかったが、そういう魂胆だったとは。

ただじゃおかないと強く思うが、その一方で無性に笑いたい気分にもなった。ナツキのやつ、いじめられていることに気づかないなんて、痛快だ。人としての器が圧倒的に大きいのだろう。結果的にオギノメの小物ぶりを鮮やかに際立たせているのだから。

「まぁいいや」僕は鼻から息を吐く。「向こうの目的はわかった。今後はそれなりの出方をするよ」

「どうするの、ナツキくん……？」

「なんだよ、不安そうな顔して。へーきへーき、うまくやるって。それよりいろいろサンキュ」

「わたしは……べつにいいんだけど」

お礼に机の引き出しの中のチョコレートでも分けてあげようかと僕が思ったとき、玄関のドアが開く音がした。ナツキの母が仕事から帰ってきたようだ。一階から「ただいまぁ」と普段より疲れた声がする。

「どうしたのかな？」麻百合が僕を見た。

「行ってみよう」

僕と麻百合が階段をおりて一階のリビングに行くと、ナツキの母は床に敷かれたラグの上に、ぐったりとうつ伏せになっていた。

「母さん！　どうしたの」僕は駆けよった。

「うー、ナツキィ……。今日はすっごい疲れちゃって」

「おかえり。ほんと、お疲れさま」

ナツキの母は現在スーパーマーケットで働いている。

夫の嵯峨愁——つまり未来の僕が肺がんで死ぬまでは、彼女は小説家として活躍していたらしい。でも夫の死後は、ぱたりと何も書けなくなった。大事な人を亡くしたら、そういうこともあり得るのだろう。

貯金があるとはいえ、今後は女手ひとつで子供を育てなければならない。そう思って筆を折り、傷心の中で慣れない仕事を始めた当時の彼女を想像すると、僕は心が痛む。なんというか、どこか守ってあげたくなるような人なのだ。

不測の事態でこの時代に来てしまった僕は、彼女に日々面倒を見てもらうことで生きていられる。だからこそ嵯峨愁ではなく嵯峨ナツキとして支えになるべきだ。心配をかけないように精一杯、息子を演じて安心させたい。

長い年月を経て大人になった今振り返れば、あのころの僕には彼女を本当の母親だと自分に無理やり思いこませているような部分があった。

「今日はどうしたの」僕はナツキの母に尋ねる。

「不測の事態。品出しのスタッフが急に病欠したから、みんなでカバーしたの。わたしも運びまくったよぅ。飲料の段ボールがほんとに重くて。はー、くたびれた」

「……あまり無理しないでね」

「もちろん。今はちょっと休みたいだけ」

軽やかな口調で言いながらも、ナツキの母はうつ伏せで動かない。本気でへとへとなのだろう。もともと彼女は体が丈夫な方ではないのだ。昔は病弱で喘息《ぜんそく》に苦しめられたらしく、咳《せき》が止まらなくて大変な目に遭ったこともあるという。

「じゃあ、しばらくそのまま寝ててよ。マッサージしてあげる」僕は言った。

「え？　ナツキが？」

「いけない？　あぁ、麻百合は腰を頼むよ。俺は肩をやるからさ」

「ん、わかった」麻百合がきまじめにうなずく。

うつ伏せで寝ているナツキの母の左右に膝をつき、僕は肩を揉んだ。同じように麻百合は腰をマッサージする。

「あー、気持ちいい……」

「お客さん、凝ってますねぇ」

僕のジョークにナツキの母はふっと笑う。そしておどけた声で「そうですかー？　それって、ありがちな営業トークじゃないんですか？」と話に乗ってくる。

「いえいえ、ほんとに凝ってますって。もっと力を抜いて楽にして。はい、ゆっくり息を吸って吐く。ゆっくり息を吸って吐く」

「すぅー……」

僕らがマッサージを続けていると、相当気持ちがよかったのだろう。そのままナツキの母はすやすやと眠ってしまった。起こすのも悪い気がして僕らは彼女を寝かせておく。ナツキの母はたぶん二時間くらい寝ていた。夕食の時間は夜遅くになったが、おかげで二〇三二年の宅配ピザ（クリームチーズとなすとサーモンとポロネギがトッピングされた未来的な味だった）を食べることができたから、僕としては何の文句もない。

4

翌日、僕はいつものように学校に行くと、タイミングが来るのを待った。四時間目の体育の時間あたりだろうと思っていたが、案の定だ。その日は体育館でマット運動をしたのだけれど、授業後にオギノメが話しかけてきたのだ。

「ねえ。ナツキくんって倒立前転はできる？」

「ああ、もちろん」

「うらやましいなぁ。ぼく、いまいちコツが摑《つか》めなくて困ってるんだ。よかったら教えてくれない？」

次の時間も体育があるから倉庫の扉は開いている。少しつきあって、と彼は言った。かまわないよ、と僕はうなずき、ふたりだけで体育倉庫に入る。

辺りには跳び箱やボールを入れるかごが雑然と置かれていた。ふいにオギノメはドアを閉めると、僕をマットに突き飛ばす。

「わっ？　突然なんだよ？」

僕がマットに尻餅をつくと、彼は前に歩み出て、こちらを見下ろした。

「教えてくれるんだろ、倒立前転。さあナツキ。やってみせてよ」

「それってさぁ。人にものを頼む態度？」

「早く」

「ま、いいけどね」

僕はマットの上に両手をつくと、逆立ちした。するとオギノメは倒立している僕の腹部を蹴ろうとする。でも当たらなかった。僕がすばやく体重を移動させて、足から元の位置に戻ったからだ。マットの上で軽くジャンプして僕は言う。

「はは。わかりやすいんだよ、君の悪意。俺が気づかないとでも思った？」

「うるさい！」

彼はぎろりと陰険な顔で僕を睨む。

「……イメチェンだかなんだか知らないけど、生意気なんだよ、最近のナツキ。授業中も休み時間も、目立ちすぎ！　このクラスの一番はぼくだ。君はおとなしく引き立て役になってろ」

「あぁ」僕はわずかに目を細める。「やっと本音を言ってくれたね、いじめっ子」

「だって近頃、やけに強気に見えたからね。最初は用心してたよ。でもそれ、要はぼくに対する反抗なんだろ？　だったら思い知らせてやる」

「こっちがね」

「え？」

その瞬間、僕はすばやく彼に摑みかかり、瞬時にマットの上に投げ飛ばした。いわゆる背負い投げ。もともと僕は相撲や柔道や格闘技が好きで、よくＴＶで観《み》て研究していたのだ。倒れたオギノメは何が起きたのかわからないという顔だった。

「悪い。手がすべった」と僕は言う。

「そんな……」オギノメは呆然と呟く。「喧嘩《けんか》は嫌いなんじゃなかったの？」

「好きなわけないだろ。それは嘘じゃない」

でも決して苦手なわけでもなかった。大事な人を守るためなら僕は本気を出す。だって未来の息子がいじめられているのだ。くだらない動機で毎日嫌がらせをされていることがわかって、どうして放っておける？　穏便に、なんて親なら言えるか？

これはきっと未来の父としての本能だろう。ある意味では僕は感謝すらしていた。僕はナツキをいじめから救うために入れ替わり現象に巻きこまれて、二〇三二年に来たのかもしれない。じつは運命だったのかもしれない——。

そしてこの際だ。最も手っ取り早いやり方で解決させてもらおう。

「なあ。そこって、君んちのベッド？　早く起きたら？」

「このっ！　ナツキのくせに！」

オギノメが飛びかかってくるが、僕はこの手の争いで負けたことがない。元の世界で皆が言っていたことは間違いではないのだ。

嵯峨愁が本気を出すと半端じゃない――。

僕は彼を何度も投げ飛ばした。面白くはないが、難しくもない。三十年前の世界には、彼よりも体力のある男子が大勢いた。こんなのは準備運動にもならない。

最後にはすっかり疲れて仰向けになった彼の右腕を、僕は二本の足で挟む。そして両手で思いきり反らすように伸ばした。

「……っあーっ！」オギノメが悲鳴をあげる。「関節！」

「二度とちょっかい出さないって約束する？」

「する！」

「なんでタメ口？　言い方っ」

「します、します！」

「ははっ」

「ごめんなさい！　もう二度と楯突《たてつ》きません！」

こうして呆気なくオギノメは負けを認めた。

力業というか、最後のは関節技だけれど、こういうときは男子っていいなと思う。実力の差を突きつけたらストレートでわかりやすい。いじめの件もこれで解決だ。ナツキは気づいていないという話だったが、悪意を持つ者はなるべく近くにいない方がいい。

でも気を抜くのはまだ早かったのだ。

いくら待っても彼が起きあがらないので僕は手助けした。ほら起きなよ、と肩を貸して立たせると、彼は「ありがと」と呟いて奇妙な言葉を続ける。

「いいよな……。ナツキはそうやって、いつも上から目線で格好よくて」

「え？」

僕はまばたきした。「何それ。どういう意味？」

「そのままの意味だよ。いつもひとりだけ涼しい顔して……。心の中ではぼくらのことを下に見てるだろ？　だからあんな変なこと言うんだ」

「だから何の話だよ？」僕はとまどう。

「ぼくが君をいじめてた理由も、ほんとはそれ。勉強がどうとか、目立つからっていうのは本音じゃない。例のビョーキの話が癇《かん》にさわったからなんだよ。自分で自分の命を終わらせるってやつ。あの例の自殺の話」

その言葉に僕はぎょっとする。そして直後に思い出した。初対面のときにオギノメが言っていたことを。

――てっきり例のビョーキかと。ついに実行したのかって思ってたんだけどな。

――命に関わるあれだよ。自分が一番よくわかってるくせに。

僕は思わず真顔で考えこむ。

ナツキには、まだ何か僕の知らない事実があるのだろうか？　少なくともオギノメは適当なことを言っているわけじゃない。

「あのさ……。くわしく聞かせてくれない？」僕は頼んだ。

しばらく躊躇《ちゅうちょ》したのち、オギノメは思いもよらない衝撃的なことを語り出す。

「自分で自分の命を絶つのを悪いことだとは思わない……。ちょっと前までナツキはよくそう言ってただろ？　死への憧れっていうか、願望？　なんだっけ。自分から死の世界に飛びこむのもひとつの幸せだとか、そこは安らげる気持ちのいい場所だとか……。あの話が、ぼくにはどうしても受け入れられなかった。だって結局は自殺じゃないか。そういうの、心のビョーキなんじゃないかと思って」

僕は驚きで言葉が出ない。死の世界に飛びこむ？　安らげる気持ちのいい場所？

ナツキには自殺願望があったっていうのか……？

急に不安な黒雲が胸に垂れこめてくる。

これまで僕は、ナツキは車にはねられて川に落ちたのだと思ってきた。でもそれは本当に本当のことなんだろうか？

ナツキは麻百合をかばって事故に遭った。事実はそうかもしれないが、真実はどうなのだろう。ふたり一緒に避ける方法も実際はあったんじゃないか？　ナツキの心には死の誘惑が根を張っていて、だから自分だけ車にひかれたのでは？　本当は逃げられるのに、寸前でわざと避けなかったんじゃないか？

そしてナツキが川に落ちて溺れる寸前、思いがけず入れ替わり現象が起きる。あくまでも〝思いがけず〟だ。本当は助かるつもりなんてなかったのでは？

「……冗談じゃない！」

僕はかぶりを振る。

彼は読書家らしいから、変な本にでも影響されたのだろう。一時的なものに決まっている。とにかく自殺だけはやめてほしかった。彼が死んだらあの母親がどれだけ悲しむか。未来の父である僕だってそうだ。本当に冗談じゃない。

「自殺なんかしないさ」と僕は呟く。「させない」

「う、うん……。そうなの？」

「約束するよ。言い聞かせておく」

その方法はちゃんとあるんだ——と思いながら僕は後頭部をかいて続ける。

「まぁ、あれだね。オギノメのやり方には大きな問題があるけどさ。心配してくれて、そこだけはサンキュ」

オギノメは何かに打たれたような顔で「……こっちこそ、ごめん」と言う。

わずかな沈黙のあと、邪気のない微笑みを浮かべて彼は言葉をついだ。

「だったら、もう、君に嫌がらせをする意味は本当にないや」


言葉どおり、オギノメは僕に二度と不快なことを仕掛けなかった。

むしろこちらに気に入られようと、しばしば機嫌をうかがってくる始末だった。

少々複雑な気分にはなったが、逆よりはいい。僕は彼のしたいようにさせた。そして平穏な学校生活を送った。苦手だった英語やプログラミングの成績も徐々によくなっていった。

やがて短い秋が訪れ、冬がやってきて、年が明けると二〇三三年になる。

春には小学校の卒業式があった。小学生で留年する人はまずいない。僕も麻百合も滞りなく卒業証書をもらった。

「さて、次は中学校か……」

僕は卒業証書をまるめて筒に入れる。校庭では桜の花びらが静かに舞っていた。

例の日も刻一刻と迫りつつある。タイムリミットが、ひたひたと着実に。

5

その日はいつものように何事もなく始まった。

「じゃあ母さん、俺そろそろ行くよ」

「うん。行ってらっしゃい！」

六月最後の木曜日。麻百合が登校してから、きっかり十分後に僕は家を出た。

登校の時間を麻百合とずらしているのは、無駄な波風を立てないためだ。

中学に入って以来、同居しているだけの僕らを交際中だと勘違いする者が、あとを絶たない。まあ僕はべつに誤解されてもかまわないのだが、麻百合には迷惑をかけたくなかった。そんなわけで僕らは家では今までどおりの関係。外では普通の友人として振舞っている。当の麻百合は「べつにいいのに……」と僕の気配りをよくわかっていなさそうだったが。

ともあれ、僕が通学路を歩いていると、角の向こうから学生服姿の顔見知りが数人近づいてきた。同じ中学に通う一年二組のクラスメートたちだ。

「おはよー、嵯峨さん！」

「今日、めっちゃ天気いいですね。嵯峨さんのおかげです！」

「なんで俺のおかげなんだよ」僕は苦笑する。「あと、さんづけはよせって」

「いやぁ、そういうわけにも」

クラスメートは照れたように笑う。

中学校生活にもすっかり慣れ、今の僕はクラスの皆にとても慕われていた。

いわゆるスクールカーストがこの時代にもある。そして僕はそのトップということになっていた。クラスの生徒は上から一軍、二軍、三軍みたいに階級づけされているのだ。正直なところ馬鹿馬鹿しいが、これは昔から学校という場に付き物らしい。こんな伝統を誰が根づかせたのだろう？

そもそも、僕はべつにトップになりたかったわけじゃなかった。

あれは中学に入ってまもないころだ。当時、毎晩パーティなどで遊んでいそうな派手な男子――僕の中での渾名《あだな》はパーティくん――が同じクラスのオギノメに軽い暴力を振るっていた。

何かにつけて押したり、こづいたり……。

オギノメはいかにもカースト上位に食いこみそうな男子だから、彼をさりげなく踏み台にすることで自分の力を誇示し、まだ混沌《こんとん》とした状態にあったクラス内の足場を固めようという心積もりだったのだろう、今にして思えば。

そして僕はその猿知恵が本当に鬱陶しかったのだ。だからある日、直接彼に言った。

「いい加減にしなよ、見苦しいね。そういうことしてると、いつかしっぺ返しを受けるんじゃないの？」

「はぁ？　かっこつけんな。おまえ何様だよ」パーティくんは薄笑いして言った。

「嵯峨様」と僕は答える。公立の中学校だから、行儀のいい生徒だけではないのだ。

「……俺様くんかよ」

「ところで君は、どちら様？　おつむがちょっとお気の毒様？」

「あぁ？　馬鹿にしてんのかっ？」

　突然パーティくんは僕の胸ぐらを摑んで引きよせる。一瞬ぞくりとしたが、僕はその流れにサーフィンのように乗った。お互いの額がぶつかって、ごっと鈍い音が響く。

「……つうっ！」

　結果的に頭突きをされた彼は、中腰になって額を押さえた。僕は立ったまま言う。

「残念ながら、俺は頭を使うのが得意でさ」

　僕の体はアドレナリンで熱くなり、心臓もどくどくと激しく打っていた。でも態度には出さなかった。それらの衝動をなんとか抑制し、にこっと優しく微笑んでみせる。

　中腰の彼は怯《おび》えた眼差《まなざ》しを僕に向けた。皆の前で、戦うべきか退くべきかを考えているのだろう。それがわかるからこそ、僕はあえて友好的に手を差しのべる。

「ごめんごめん、うっかりぶつけちゃって」

「え？」

「あくまでも、うっかりミス」僕は目くばせした。「ま、これも何かの縁だし、今後は仲よくしよう。オギノメも含めてさ。ねえ？」

「あ、ああ」パーティくんは伏し目がちに答えた。

オギノメがすばやく僕に身をよせて「助かった……ありがとう」とささやく。

「気にするなって」僕は小声で返し、今度は皆にわかりやすく大きな声を出す。「はいはい、どつき漫才の練習はこれでおしまい。どうも、ありがとうございました」

コントのように締めくくると、教室内の雰囲気が一気にゆるんだ。

何はともあれ、パーティくんの体裁も適度に守りつつ、今後はオギノメをいじめないように釘《くぎ》も刺して、僕は表面的には場をまるく収めたのだ。

その手際が評価されて、いつのまにかカーストの頂点に祭りあげられていた。今では皆に、さんづけで呼ばれる始末。そこまでされると、ほとんどジョークだ。

カーストの件で一喜一憂するよりは、冗談の方がずっとましかもしれないが。

中学校に着き、朝のSHRのあとに授業が始まって、また一日が幕を開ける。

その日の学校は忙《せわ》しなく騒々しくて、それでいて何事もなかった。つまりはいつもと同じだ。あっという間に帰りのＨＲの時間になる。そして日直が言った。

「礼！　さようなら」

「さようなら――」

二〇三三年の六月三十日。この学校で過ごす最後の一日が呆気なく終わった。

＊

その夜、夕食を食べ終わったあと、僕は帰りに買ってきたレアチーズケーキを家族の皆にご馳走《ちそう》した。白く濃厚な本体に紫色のブルーベリーが載ったやつだ。ナツキの母も麻百合も甘いものが大好きだし、もちろん僕も嫌いじゃない。おいしいケーキとアイスコーヒーを味わいながら、何気ない話をたくさんした。

「でも、どういう風の吹きまわし？　ケーキなんて」ナツキの母が言う。

「……深い意味はないよ」僕は表情筋の力で微笑んだ。「まぁ、あれかな。日頃の感謝の気持ちってやつ」

「熱とかないよね？」

「そりゃないよ、母さん……」

苦笑まじりに言いながら、僕はひそかに不思議な気分になっていた。

母さん。本当に今さらだが、目の前にいるナツキの母親は嵯峨愁の妻——つまり僕の将来の伴侶でもあるのだ。僕はいつどこで、過去のこの人と巡り会うのだろう？

気になったが、出会いや恋愛模様について尋ねるのは微妙に躊躇してしまう。なんというか、質問することで運命が変わってしまいそうな気がして——。

うん、やっぱり訊かないでおこう。今の自分が嵯峨ナツキではなく、嵯峨愁なのを気づかれないことを優先したい。今後の人生を狂わせないためにも、と僕は思う。

だって余計なことをしなければ、この未来はすでに決まっているのだから。

「どうしたの、ナツキ。もう食べないの？」ナツキの母が不思議そうに訊く。

「あ、あぁ。なんだかおなかがいっぱいでさ……。ごちそうさま」

「じゃあ、少し残ってるそのケーキ、もらってもいい？」麻百合が言う。

「いいよ。召しあがれ」

「やった。うん、お言葉に甘えて」

麻百合はフォークを僕の残したケーキに刺して、ぱくっと頬張る。

「んっ。おいし！」

「それはよかった」僕はにっこりと目を細めた。

ケーキを食べたあと、僕は部屋で旅立ちの準備をした。

この時代に戻ってきたナツキが困らないように、机の上に例の日記ノートを出しておく。これを読めば、今まで僕の身に起きた出来事をおおむね把握できるだろう。ちゃんと手紙も挟んでおいた。中にはこんな文章が書いてある。

――自殺なんかするなよ。君はそんなことしないって信じてるけど、自殺だめ！　絶対！　だぞ。お父さん、そういうの断固反対だから。男と男の約束だからな。

前にオギノメから聞いた、ナツキの自殺願望に対するけん制だった。

正直、ナツキがそんなことを考えているなんて今でも信じられない。彼が死にたくなるような要素を、僕はこの世界で何もみつけられなかった。だからたぶん一時の気の迷いだ。決して本気で死のうと思っているわけじゃないのだろうけれど。

「駄目押しだ。さすがに未来の父からの頼みを邪険にはできないだろ……」

そんなことをしているうちに夜は更ける。いつしか零時が目前に迫ってきた。

さあ、どうなる……？　ベッドに寝た状態の僕の肌に、汗がにじむ。

そして時計の針が零時を指した瞬間、いきなり心臓が強く打った。時間が止まり、それがぐうんと引き延ばされて、頭の中に声が響く。

（人生の交換の期限が切れたよ）

それは僕の声だった。ああ……前と同じだ。

僕は驚愕しながらも、やはり仮説は当たっていたんだと思う。これは水鏡に由来する一年という期間限定の奇跡だったのだ。

霧のような白い光が頭の中を埋め尽くし、まもなく僕の意識は途切れた。

6

瞼《まぶた》を開けると、僕は見慣れた場所にいた。

目に映るのは懐かしい壁と家具。時計の針は夜の零時を少し過ぎたところ――。

二〇〇三年の嵯峨愁の部屋だった。つまりは本来の僕の居場所だ。

「よし！」

気づけば声も体もナツキのものではなく、元の自分に変わっている。僕は本当に戻ってきたのだ。祖父から聞いたあの話――とりかえばや記聞は荒唐無稽ながらも、嘘ではなかったらしい。入れ替わりは一年間だけで、期限が過ぎると自動的に解ける。

今ごろはナツキも元の自分に戻っているはずだ。

「あれ？」

今ふと気づいたが、僕はベッドの上で携帯電話を握っている。スマートフォンではなく懐かしい普通の携帯電話だ。ナツキは誰かと通話中だったのだろうか？

まだ切れていなかったから、僕は受話口に耳を当てて訊いてみる。

「もしもし？　えっと……どなた？」

「えっ？」少女の驚く声がした。「そっちこそ……誰？」

答えに迷って僕は口をつぐむ。不思議なことに電話の相手も沈黙していた。勘の鋭い人らしく、何かが起きたことに気づき、こちらの様子をうかがいながら考えている。

やがて声の主は「そう」と小さく呟く。

「そういうことなんだね。そっか……。うん、わかった」

「え？　あ、ちょっと待って！」

僕の言葉を待たずに少女は電話を切ってしまった。慌てて履歴を確認すると、話していた相手は小学校で同じクラスだった緑原瑠衣だった。

「え、緑原？」

僕は困惑する。

彼女とは親しくないし、口をきいたことすらないのに。どうしてナツキが緑原と？

「……わからないな」

まあいい。とにかく元の人生に戻ってくることはできたのだ。

ベッドから身を起こして室内を見回すと、前とは若干様子が変わっていた。きれいに整頓されており、本や玩具のたぐいが増えている。

これは彼が買いそろえたものだから、未来に届けてやろう。

大丈夫、ちゃんと準備はしてきた。手紙にその旨を書き残してきたのだ。

僕は床にしゃがんで、ベッドの下に押しこんでいた金庫を引っ張り出す。これは前に羊山公園のフリーマーケットで購入し、結局使わずにしまっておいたものだ。

僕はその金庫にナツキが集めた本や小物を入れていく。

部屋には様々なものがあった。多くは流行《はや》り物だ。「ハリー・ポッター」シリーズや「キャッチャー・イン・ザ・ライ」などの本、白いチワワのぬいぐるみ、マクドナルドのハッピーセットのおまけ、アヴリル・ラヴィーンのCD……。

「ん？」

机の引き出しを開けると、見慣れないノートが目に入る。表紙には素っ気なく『日記』とだけ書かれていた。

――まさか俺と同じように？

すばやくめくると、最初のページに一枚の便箋が挟んである。

手に取って息をのんだ。それはナツキからの手紙だった。

＊＊＊

今、嵯峨愁の体で人生を送っているナツキより

未来の父さんへ

この手紙が読まれることは果たしてあるんだろうか？　今の僕にはわからない。

でも、もしも何かのきっかけで元の体に戻れるのなら、用意しておかないと損だ。だから無駄かもしれないけれど、書いておく。

僕と同い年で、今は中学生の父さん。

これを読んでいるってことは元の体に戻ってきたんだね……？　大変な迷惑をかけてしまった。まさかこんな現象が起こるなんて思わなかったんだ。

慣れない未来の世界で苦労したでしょう。ごめんなさい。

さて、このノートには僕の毎日の暮らしをざっくり記録してあります。表紙に書いてあるとおり、まぁ、ただの日記だね。大したことは書いてないけど、わからないことがあったときは読んで確認して。僕は筆まめな方じゃないから参考にならないかもしれないけど、ないよりはいいでしょう。

あ、そうそう。

もうわかってると思うけど、あえて言うね。父さんは肺がんで三十八歳で死ぬよ。だから煙草《たばこ》は吸わないでくれ。未来の息子からのお願いです。

それじゃ父さん、お元気で。

できることなら、また会いましょう。

＊　＊　＊

「……ほんと、ありがとな、ナツキ」

僕はくしゃくしゃと髪をかいた。

自分がいつから煙草を吸い始めるのかはわからない。でも、そんな未来は破棄しよう。決して喫煙しないことを僕は固く心に誓った。健康にも気をつけたい。

それから僕はナツキの残した日記をぱらぱらとめくる。

「って、なんだこりゃ？」

礼儀正しい手紙の文面とは裏腹に、日記は見事に雑な内容だった。簡易にもほどがある。学校でこんな行事があったとか、テストで何点を取ったとか、些末《さまつ》なことしか記されていない。

意外だ。さっきの電話で気になっていた緑原瑠衣のことは何も書かれていなかった。

「……ま、べつにいいけど」

よくわからないが、ナツキはそれについては書くべきではないと判断したのだろう。これは僕に見せるための日記なのだから。

軽く息を吐いてページを閉じ、僕は未来に荷物を送る作業の続きに取りかかる――。

あれから長い歳月が流れて大人になった今ならわかる。当時のナツキは僕を事件に巻きこみたくなかったのだろう。こちらから関わろうとしなければ向こうから狙ってくることはない――そういう表面的には安全だが、実は危険な相手とナツキは戦っていたのだ。だから日記にはそれに関することを書かなかったのだと思う。緑原瑠衣の件も。

無論のこと、それらはすべてが終わってから知ったことだ。この時点の僕は何も気づかなかった。

「ん。これでいい」

僕はナツキの私物をまとめて金庫につめると、ふたを閉めて施錠する。

そして紙に「俺用のメモ。この金庫は忘れずに新居に持っていくこと！」と書いて金庫に貼った。

オーケー。こうすれば金庫の中の品々は未来のナツキに届く。

流れはこうだ。ある日、幼いナツキは新居のどこかで、この金庫をみつける。でも、その時点では開けられない。金庫を開けるための暗証番号を知らないからだ。そもそも中に入っているのは、彼がまだ手に入れていないものなのだ。

ナツキが金庫の開け方を知るのは、二〇三三年の七月一日以降。つまり入れ替わりが解除されて、僕が残してきた手紙を読んでからになる。

その手紙の中に、僕は金庫を開けるための暗証番号を書いておいたのだ。

「うん、タイミング的にはぴったりのはずだ」

あとは金庫内の品々が傷んでいなければいいのだけれど——。

そんなことをしているうちに夜は更けて、いつのまにか僕は眠っていた。

7

翌朝、僕は鮮烈な朝日の中で目を覚ました。時計を見ると二〇〇三年の七月一日だ。一瞬とまどうが、僕は首を振る。これでいいんだ。これで合っている。

時間割を見ながら僕はバッグに教科書とノートを入れた。それから中学の制服に着替えて一階に降りる。

朝ごはんの匂いが漂ってきた。ぱたぱたと人が歩きまわる音と、TVニュースの声。この空気感——。今ごろになって家に帰ってきた実感が湧く。

リビングに足を踏み入れると、ダイニングルームの食卓では父が新聞を読んでいた。キッチンにはエプロンをつけた母の姿がある。

「父さん……母さん！」懐かしくてつい声が出た。

「ん？」

父の敏夫がこちらに顔を向ける。「早いな。おはよう、愁」

一年ぶりに会う両親の顔は、なんとも言えない安心感を僕にもたらしてくれた。

「どうしたの、愁？」味噌汁《みそしる》のお椀《わん》を持って母の秋子が尋ねる。

「いやぁ……なんていうのかな。父さんは父さんで、母さんは母さんだなと」

「何言ってるの？」母がふふっと笑う。

「寝ぼけてるんだろう。昨日も遅くまで起きてたみたいだし」父が新聞に目を戻す。

目は覚めてるよ、と僕は思った。ただ、本来の自分に戻っただけ——。


朝食をとったあと、僕はスクールバッグを持って家を出た。途端に七月の太陽の光が強烈に照りつけてくる。

「んー……。秩父だねぇ」

懐かしい故郷の景色。ナツキの家がある辺りと比べると、圧倒的に自然が豊かだ。

夏の青空の下、角で右折して橋の上を歩く。眼下にはきらきら光る荒川が流れていた。思えばあそこから出発したのだ。

今ごろナツキは元の世界でうまくやっているだろうかと僕は思う。

自殺に関する考えは改めてくれただろうか？　金庫はちゃんと開けられただろうか？

とりとめもなく考えているうちに小学校を通りすぎた。中学校はこの先にある。ナツキの日記で予習してきたから、学校生活には問題なく溶けこめるだろう——。

実際、僕にはスムーズにそこに馴染《なじ》めた。クラスのいたって無難な位置にナツキが身を置いていたからだ。人間関係の網の目の中で、際立ちすぎず、それでいて埋没もしない快適なポジション。おかげで心地よく時間を過ごせた。

僕は少し反省する。たぶんこれくらいのバランスが適切だったのだろう。向こうの世界で、僕は少々目立ちすぎた。今ごろナツキは驚いているかもしれない。

やがて、すべての授業と帰りのＳＨＲが終わり、僕は帰路につく。

「ただいま」

「おかえり、愁。おなか空いてない？」

「あ。なんかいい匂いする」

家では、母が地元の名物のみそポテトを用意してくれていた。

ひさしぶりに食べると、からっとした衣に、しっとりと甘い中身——。とてもおいしい。だが未来で食べたナツキの母の料理の味が、無性に懐かしくもなった。

＊

その後はとくに何事もない日が続いた。凪《なぎ》のように平穏な中学生活。こんな日々が今後も続くのだろう。

「刺激のない生活……か」

まあ日常とはそういうものだ。せめて束《つか》の間《ま》の刺激だけでも強くしようと思い、僕はハンドルをひねる。降りかかるお湯の勢いが、ざあっと強くなる。

二〇〇三年の七月四日の夕方――。

そのとき僕は学校から帰宅して、バスルームでシャワーを浴びていた。少し汗をかいたから夕食前にさっぱりしておこうと思ったのだ。

予想外の刺激が襲ってきたのは、その最中だった。前兆なんて何もない。だしぬけに心臓が強く打ち、頭の中に声が響く。

(君とゆかりのある者と、人生を取り替えるよ)

「えっ？」

僕はぎょっとした。次の瞬間、霧のような白い光が頭の中にひろがる。

これってまさか、あのときの――。

結論が出る前に思考はぶつりと途切れた。

そして次に気がついたとき、僕はまたしても水の中にいた。

――な、なんなんだ！

それは本当に突然のことだった。まさしく瞬間移動だ。いつのまにか僕は頭からすごい勢いで、暗く冷たい水の底へ沈みつつある。もしも未経験だったら気が変になったと解釈していただろう。気づけば体もナツキに変わっていた。

冗談じゃない、と僕は心の中で叫ぶ。

頭は混乱の極みだったが、とにかく僕は生存本能のままに、水中でひたすら手足を動かした。上へ向かって無我夢中で泳ぐ。

「……ぷはっ！」

やがて水面から顔を出すと、見覚えのある場所だった。今の僕がいるのは広い川の中ほど。頭上には大きな戸田橋がかかっている。ここは二〇三三年の荒川だ。

でもどうして……？

わからない。とにかくナツキは再びあの現象を起こしたらしい。

起こした方法は一目瞭然。前と同じように、そこの橋の上から川に落ちたのだろう。今回は車にはねられたわけじゃないから、自分から飛びこんだのだと思う。

せっかく元の体に戻ったのに。

まだあれから、たったの三日しか経っていないのに。

「まさか」

ふいに僕はぎくりとする。

「自殺……願望？」

急にこみあげてくる不安感。水に浸《つ》かっていることもあり、体の芯まで冷えていく。

今まではどこか半信半疑だった。でも実際はすごく深刻な問題なのかもしれない。自殺の誘惑はナツキの心の奥深くまでびっしり根づいていて、多少のことでは取り去れないのかもしれない。深い恨みを抱いた幽霊のように。

「一時の気の迷いじゃなかったのか……？　本気だったのか？」

ナツキが自殺に失敗し、そのせいで入れ替わり現象が起きたのだとしたら、僕の想定が甘かったことになる。

おそろしい。

途轍《とてつ》もなく怖いことだ。

謎と不可解に翻弄されながら、ひとまず僕は岸辺まで泳いで川からあがった。

「だけど俺は手紙を残してきたんだ……。それでも自殺だっていうのかよ、ナツキ」

ずぶ濡《ぬ》れの僕の体から、水滴が地面にぽとぽと落ちる。

「ん、そうだ」

ふと思いついてポケットを探ると、中にはナツキのスマートフォンが入っていた。防水仕様だから濡れても問題ない。日付は二〇三三年の七月四日と表示されている。やっぱりここは前と同じ、ぴったり三十年先の世界だ。

ただ、僕に向けたメッセージやメモなどは何も残されていない。

「まったく……」

僕は「ナツキ……なんでだよ」と何度も呟きながら、真っ赤な夕日の下を歩く。

正直、打ちひしがれていた。平穏な夏の夕べを過ごしていたのに、今の僕の胸には不安と疑念の嵐がうなるように吹き荒れている。

でも波乱はそれだけにとどまらなかったのだ。


重い体をひきずるようにしてナツキの家に着くと、僕は玄関のドアフォンを押す。ナツキの従妹の麻百合が「はーい」と言ってドアを開けた。

それは突然だった。

「え……？」

何だ？

何が起きた？

麻百合の顔を見た次の瞬間、僕の体は電気が走ったみたいに硬直する。

知っているだろうか。奇跡の一瞬というものがこの世にはある。

それは例えば、そのときの精神状態や空の色、セミの声や澄んだ夏の光、かすかな花の香りなど、世界の様々な要素の偶然の組み合わせで発生するのだ。

爽やかな夏風が僕の背後から吹きこんで――。

麻百合の髪をさっとなびかせた。

「あ……」

目と目が合い、ばちっと鮮烈な何かが弾《はじ》ける。

念のために言っておくが、僕が麻百合と最後に会ったのは二〇三三年の六月三十日の夕食後にケーキを食べたとき。つまり四日前だ。たったの四日で人の印象なんて変わらない。そもそも僕は今まで麻百合に、ナツキの従妹という感情以外のものを抱いたことはなかった。

でも、どうなってしまったんだろう？　僕は平静を保てない。膝が細かく震える。

体に力が入らなくて一歩後ずさり、さらに後退しそうになって慌ててバランスを取った。ぎこちない足運びが災いして、今度はぐらりと前に揺れる。僕はそのまま麻百合へ倒れこみそうになった。

まずい――。

ところが予想外の俊敏さで彼女が前に出て、僕の体を受け止めてくれる。優しく抱きとめるように。

「はい、キャッチ」

麻百合はおだやかにそう言った。

柔らかな感触と、花のような甘い香りに包まれる。

異常に激しく胸が高鳴った。

「あの……大丈夫？」

僕を抱きとめた状態で彼女は続ける。「って全身びしょ濡れですね。……涼しくて気持ちいいかも。だけど、いったい何が？」

「ん……」濡れているのにごめん、と謝る余裕もなかった。

「あ、水もしたたるあれですか。シャワーヘッド？」

違うかぁ、と麻百合は変な冗談を言って笑った。そして彼女は僕を慰撫《いぶ》するように、背中を撫でてくれる。気づかいと優しさが胸に染みる。

でもそんなのは、つきつめれば大したことじゃないはずだ。大きな目で見ればありふれたことじゃないか。頭ではそう思うのに――。

僕は突然、恋に落ちてしまっていた。

なぜ？

わからない。

麻百合の外見は前と大差ないのに、僕はキャッチされてしまっている。体だけではなく心も摑まれてしまっている。そのことが魂でわかった。事実を事実として認めなければ前には進めない。僕は唐突に彼女を好きになってしまっていたのだ。

でも本当に何が起きているのだろう？　どういう仕組みなのだろう？　恋愛は理屈じゃないとはよく言うけれど、自分がそれを体験する日が来るなんて。

まさしく謎だ。あまりにも不思議で、自分でもなんだか信じられない。

信じられなくても考えろ、どういうことなのか考えるんだ、と僕は自分に何度も言い聞かせるが、頭がぼうっとして思考がまともに働いてくれなかった。

放心状態の僕を立たせると、彼女は一歩引いてふっと微笑む。

そんな仕草から、僕はもう目が離せなかった。吸いこまれてしまいそうだ。ほんの少しのあいだ会わなかっただけなのに雰囲気がぜんぜん違う。こんなに魅力的な女の子だったのか？　理屈を超えた何かが目の前の彼女にはある。そして僕は、その初めての恋の嵐の中心に立ち尽くしていた。

「さあ、早く中に入って。風邪引いちゃいますよ！」彼女が手招きした。

「あ、あぁ……」

何かが壊れてしまったみたいに僕は呆然と彼女のあとについて家へ入る。

たったの四日会わなかっただけの相手を突然好きになってしまうなんて、どういうことなのだろう。この感情の奥には何が存在するんだろう？

第二章　中・高校生時代

1

三日ぶりにナツキの家に帰ってきた僕は、少し前に浴びたシャワーをまた浴びた。

「ふう……」

ひとりで湯船に浸かっているうちに気分も落ち着いてくる。そう、本来の僕はそれなりに安定した性格のはずだ。少し冷静になろう。

入浴後はナツキの母に言われるがまま食卓につき、焼きなすとゴーヤーチャンプルーという夕食をとる。食後に人心地がついたあと、僕はこわごわナツキの部屋に入った。

机の引き出しを開けて日記を取り出すと、案の定、一枚の紙が挟まっている。

三行の短い手紙だ。

遺書じゃありませんように——と祈りながら僕はそれを読む。

『迷いましたが、心を決めました。僕にはそれをする必要がある。どうしても避けては通れないんです。本当に本当に申し訳ない。迷惑をかけてしまいますが、父さん、どうか許してください』

僕はそれを始めから終わりまで、四回ほどゆっくり読んだ。

「どういう意味なんだ……？」

最初は遺書だと思って目の前が真っ暗になった。でも何度も読み返すうちに、そうではないかもしれない可能性に気づく。遺書だという先入観を取りはらって読めば、違う意味にも受け取れた。ナツキは向こうの世界でシンプルにやり残したことがあり、そのために入れ替わり現象を強制的に起こしたのかもしれない。

でも命を賭けてまで何を？

「……わからない。ヒントが少なすぎる」

僕はナツキの部屋の中を長い時間あちこち探したが、手がかりは何もなかった。

例の金庫をナツキは無事に開けられたようだったが、本や小物が新しく棚に並んでいるだけで、状況を打開するものは見当たらない。日記にも、とくに意味のあることは書かれていなかった。

「くっ……」

ナツキは自殺を試みたのか、それとも違うのか？

袋小路《ふくろこうじ》だ。たった三行の手紙に完全に翻弄されている。

＊

今まで僕は意識して、シンプルで整理された語りを心がけてきた。その上で当時の気持ちを思い起こし、なるべく臨場感のある心理描写も付け加えてきた。

ただ、もう理解してくれていることだとは思うが、この話は回想によるものだ。そのときの、どうしても思い出せない心情というものは、やっぱりある。

だからこの件は動機を抜きにして、あるがままに語りたい。

ナツキの自殺について考えているうちに、僕は頭がぼうっと熱くなってきた。そして気づいたときには廊下に出て、麻百合の部屋の前にいた。

なぜ自分がそんなことをしたのか、今でもわからない。変な熱に浮かされたみたいに僕はわけもわからず麻百合の部屋のドアをノックしていた。

「はーい。どうぞ」

僕がドアを開けると、ぱちぱちと麻百合がまばたきする。

「あれ、ナツキさん？」

「ん……」

「まぁ、とりあえずどうぞ。中に入って」

軽い口調で誘われ、僕は麻百合の部屋に足を踏み入れた。思えば今まで二、三回しか入ったことはない。かすかな甘い香りに少しだけ緊張する。

彼女の部屋は白を基調にしていて、ラグとカーテンと、ベッドのタオルケットがピンク色だった。棚にはぬいぐるみと観葉植物が並び、誰がどう見ても可愛い部屋だ。

「そこに座ってください。ほらナツキさん、もっとくつろいでくつろいで」

「あ、あぁ……」

勧められるがまま、僕は部屋のラグの上に腰かける。

目の前で見ると、彼女はやっぱり素敵だった。すごく魅力的だ。いや、実際はどうなのだろう？　目鼻立ちは本当に前と同じで、アウトラインは変わっていない。

でも今の彼女の瞳はきらきらと光り、いつもよりずっと楽しそうに見えた。好奇心と活力を感じる。だから近くにいるだけで、こちらも快くなって胸が弾む。

可愛さとは煎じ詰めればそういうものなのだ。顔かたちよりも表情や目の潤いに大きく左右される。それらは内面の状態の表れだからだ。

例えば軽蔑する相手と一緒にいるとき、大抵の人の目は死んでいる。好きな相手を前にした人の瞳は輝いている。そして輝いているものは否応なく魅力的だ。人は人が発するエネルギーの質に惹《ひ》かれるのだろう。

「それでナツキさん、どうしたんですか？」

麻百合がベッドの上に座って気さくに訊いた。

うん、僕はどうしたいんだろう？

言葉につまる。ほぼ無意識のうちにドアをノックしていたのだ。用なんてない。

「あの、ナツキさん？」

「……どうしたいのかな」

「はい？」

僕は赤面しながら「ごめん。自分でもよくわからない」と正直に言う。

彼女は目をぱちぱちさせた。僕は黒髪を無造作にかきまわす。

ああもう、何をやっているんだろう？　早くこの部屋を出ていこうと頭では思う。でも立ち去れないのだ。あと一分でいいから、どうしても彼女と同じ空間にいたい。

「えっと……」

麻百合は眉をよせて口をつぐんだ。淡く緊張した沈黙が部屋に降りる。

やがて僕は衝動的に身を乗り出して言った。

「まっ――」

「え？」

声が少し裏返ってしまったので、すばやく言い直す。

「麻百合って今、好きな人いるのか？」

「は、はいっ？」

彼女は両手をばんざいするように上げて目を見張る。そんな格好で驚く人を初めて見た。というか、僕は自分自身に驚いていた。なんてことを口走ってしまったのか。でもそれ以上に彼女が可愛くて、僕は目を離せなかった。彼女は頬を薄く紅潮させ、ばんざいした格好で固まりながら恥ずかしがっている。

沈黙の中、僕も赤くなって返事を待った。

「いえ、いません」

両手を下ろすと、彼女は再び早口で言う。

「いないです」

「へえ……」

またしても沈黙が部屋に充満する。ものすごく変な空気になってしまった。

彼女は今の僕の質問をどう受け止めたのだろう？　僕の中では「ありえない」。理由もわからず突然好きになり、その日のうちに気持ちを告げるなんて。

無論のこと、向こうが僕の言葉をどう受け止めているかはわからない。ただの世迷《よま》い言《ごと》だと思っているかもしれない。

ただ、なんであれ、物事には過程というものが必要だろう。今回のこれは何もかもが唐突すぎた。もっと気持ちをきちんと整理しなくては——。

「それはそうと……最近どう？」僕は強引に話題を切り替えた。

「えっ？」彼女は虚をつかれた顔をする。「どうって？」

「調子」

「あ……。調子ですか。いいですよ、調子いいです。ばっちり」

「ばっちり」

「はい、非常にばっちり」

「そっか。それはよかった、ばっちり」

「というか……ほんとにどうしたんです、ナツキさん？　さっきから少し変」

「そんなことないさ」

少しどころじゃない。途轍もなく変な気分なんだと思いながら僕は続ける。

「ところで、俺はどうだったのかな？」

「えっと、何が？」

「調子」

「調子」と彼女は半眼で言う。

小さく咳払《せきばら》いして間を置き、それでも彼女は律儀に答えてくれた。

「調子は……とくに変わった感じはしなかったですね。普通に見えましたよ。学校にも行ってましたし、家でも普段どおりでしたし。と言いますか、ナツキさんも知ってるでしょう？　わたし、三日前から風邪で寝こんでて、周りに気を配る余裕がなかったんです。やっと今朝から本調子になったばかりで」

「ん。あぁ……そうだったね。ところで俺、落ちこんでるようには見えなかった？」

「え？　いえ、とくに」

麻百合はあごに指を当てると、黒目を上に向けて言う。

「ごはんもたくさん食べてましたし、いつもどおり健康そうに見えましたけど」

「そっか。ありがとう」

何はともあれ、有益な話を引き出せた。

最近のナツキの様子に問題はなかったらしい。前に何かで読んだのだけれど、自殺と心の病気のあいだには深い関係がある場合も多いそうだ。そして従妹の麻百合の目には、ナツキは精神を病んでいるようには見えなかった。その事実は心に留《と》めておきたい。

麻百合はわずかに首をかしげて微笑む。

「ナツキさん、今日は少し疲れてるみたいですね？　できれば早く休んだ方が……。わたしもそろそろ休みますから」

そう言われたら立ち去るしかないだろう。もやもやした気分で僕は部屋を出た。

2

翌朝、僕はやっぱり、もやもやした気分で目を覚ました。本当に僕はどうなってしまったんだ？　思い出すと赤面するような夢を見てしまった。

「……気を引きしめないと」

僕はベッドから起きると、ナツキの部屋の窓辺に立ち、顔を両手で軽く張る。

自分がなぜこんなにも唐突に麻百合に心を奪われてしまったのかはわからない。その謎はいずれ解き、必ず何らかの決着をつける。

でも、まずは優先するべきことをしよう。未来の息子の命がかかっているのだ。これはどうやら初恋のようだけれど、人の命をなおざりにして進むのは、やっぱり違う。

今はナツキの件に専念するんだ——。

僕は手早く制服に着替えると部屋を出た。階段をおりて一階に行き、リビングに顔を出すと、ナツキの母がどこか物憂げな様子でテーブルに頬杖《ほおづえ》をついている。

「おはよう」僕は言った。

「あぁ、ナツキ。おはよ」

「どうしたの、母さん。ぼうっとして」

「ちょっとね。夜中に電話したら、そのあと眠れなくなっちゃって」

「ふうん？」

「話の途中でコーヒー飲んだから。シアトルで連想したのかな」

「ん？　ああ……」

電話中にそういう話題が出て、触発されたということか。シアトル系のコーヒーといえば、やはりスターバックスを思い出す。スターバックスではコーヒーがテイクアウトできるが、タイヤは売っていない。それが欲しいときはオートバックスに行こう。

なんて冗談を頭の中で捏《こ》ねまわしている場合じゃない。

「ところで母さん、最近何か変わったことなかった？　例えばこう、俺のことで」

「どういう意味？」彼女はまばたきした。

「いやぁ、深い意味はないんだけど、俺も中学生だし、たまには自分を客観的に把握しないとさ」

「んー……。なんだかよくわからないけど」

わたし、けっこう忘れっぽいから、とナツキの母はしばらく考えて言った。

「ごめんね。ちょっと思い当たらない。大事なことなの？」

「あ、べつに大した話じゃないんだ。気にしないで」

朝食のあと、僕は二〇三三年の中学校へ行き、クラスメートに同じ質問をしてみた。

最近、僕に何か変わった様子はなかったか、と。

クラスメートは様々な答えを返した。

「そういえば、ジョークの切れ味がいつもより鋭かったような」

「バスケットボールの腕が冴《さ》えてた。とくにスリーポイントシュート!」

「ここ何日か、ちょっと口数が少なかった気も……」

そっか、と僕はうなずく。

「参考になったよ。サンキュ」

人間、毎日少しは何らかの変化がある。でも自殺を考えるほど悩んでいるような話は聞かなかった。だったら取り組み方を変えようと思い、僕は時間が過ぎるのを待つ。

そして帰りのSHRの終了後、ひさしぶりにオギノメに声をかけた。

「やぁ。今日って時間あるかな? じつは相談したいことがあってさ」

「珍しいね。いいよ。ナツキくんの頼みなら喜んで」

今では僕とオギノメは、すっかり仲のいい友人になっていた。

僕らは学校を出ると浮間《うきま》舟渡《ふなど》駅《えき》まで歩いて北口のカフェに入る。内装が木目調で居心地のいい店だ。アイスコーヒーとチョコレートケーキを注文して、しばらく堪能《たんのう》する。

「それでナツキくん。話って？」

「ん……」

僕はケーキの欠片《かけら》をぱくっと飲みこんで切り出した。

「あのさ、小学生時代の俺のこと、まだ覚えてるか？」

「急に何？　もちろん覚えてるよ。だって卒業して、まだ三ヶ月ちょっとだ」

「うん。ならよかった」僕は軽く頰をかいた。「わけあって、どうしても確認したくてさ。あのころの俺の自殺願望の話」

「え？」

予想外の話題だったのか、オギノメが目に驚きの色を浮かべる。

でも僕としては当然の行為だ。何かに行きづまったら出発点まで戻るべき。根本的な部分を再確認しておきたい。そもそも自殺の話を最初に聞いた相手はオギノメなのだ。ナツキは本当に死を望んでいるのだろうか？

オギノメが嘘をついたとは思わないが、あのときの僕が今と比べると微妙に話半分だったのも事実。今度は本気の本気で耳を傾けたい。

「なあオギノメ、当時の俺はなんて言ってたんだ？　くわしく話してくれよ」

「……どうして今になって」

「最近、風呂場で転んで、そこの記憶が飛んだんだ。そのうち思い出すだろうけど、早く知りたいんだよ」

オギノメは短く息を吐く。「わかった。そういうことなら」

「ありがたいね」

「ん。でもべつに、いつも言ってたわけじゃないよ？　ときどき何かの拍子に、ぽろっとこぼすんだ。自分の命を絶つのも一種の自由だとか、死の世界は決して怖い場所じゃないとかね。最近はぜんぜん言わなくなったけど……覚えてないの？」

「残念ながら」

僕はうなずいて続ける。

「もう少しくわしく頼むよ。その死の世界ってのはなんなんだ？」

「そりゃあ、あの世のことじゃない？　覚えてないなら仕方ないけど、けっこう本気っぽい口調だった。当時のナツキくんは信じていたんだね、いわゆる死後の世界を」

「死後の世界……」

「そこは安らげる気持ちのいい場所だって、よく言ってたよ。あと……なんだっけ。オレンジ色の光る雪が降ってるとか、どうとか」

僕は思わず目をしばたたく。

「オレンジ色の光る雪？」

「えっと……うん、そうそう。たしかにそんなことを言ってた。君が思う死後の世界は普通のものとは違ってたみたいだ。なんかこう不思議な場所。発光する雪が降りしきる幸せなところなんだって」

ナツキは危ない薬でもやっていたのだろうか？

いや、それはないと僕は信じている。でも、だったら光る雪とは何を意味しているのか？　蛍雪を独自の言い方で表現したもの？　頭をひねったが、見当もつかない。

やがてオギノメが伏し目がちに語る。

「自殺願望に限らず、そういうのがね……。光る雪とか、安らげる死の世界とか、なんだか自分に酔ってるみたいでさ。かっこつけるなよって思ってた。だから当時のぼくは君に意地悪くあたっていたのかもしれない」

彼のその言葉には、はっとさせられる真摯なものがあった。

「そっか……。いいのさ。おかげで今は助かってるし。ありがとな、オギノメ」

「そうなのかい？」

「ああ」

すると彼はほっとしたように息を吐く。僕も意識して肩の力を抜いた。

「重たい話はもう終わりだ。食べよう。ほら、ケーキケーキ」僕は言った。

「……そうだね。ケーキ」彼も微笑んだ。

家に帰ると、僕は自分の部屋でナツキの日記をまた最初から読み返した。でも残念ながら光る雪という言葉はどこにも見当たらない。詩情にとぼしい散文的な日記なのだ。まあいい。

それから僕はナツキの本棚に並ぶ多くの書籍を一冊ずつ調べ始める。そういうものが出てくるフィクションがあるのかもしれないと思ったからだ。

一ページずつ食い入るように読みながら、僕は呟く。

「みつけたら……作者に手紙でも出してみるか？」

それは適当に言った軽口だったが、案外いい案かもしれない。

一年後に入れ替わりが解けたとき、心酔するその本の作者からの返事の手紙でもあれば、ナツキは考えを改めるだろう。あなたの本を読んで自殺を考えている読者がいる。たしなめてほしい——とかなんとか言って作者に頼めば、不可能ではない気がする。

いずれにしても、未来の息子の命には代えられなかった。

3

夏の日は飛ぶように過ぎて七月半ばになった。二十日には中学校の終業式があり、夏休みが始まる。

そのころには、僕はもうナツキの本棚の書籍をあらかた調べ終わっていた。

「……ない」

それが結論だった。ナツキが所有する本の中に、光る雪や、気持ちよく安らげる死の世界などが出てくるものはない。

「微塵《みじん》もない。これっぽっちもない。ないないないない……くそっ！　またゼロ地点に戻っちまった」

最近はずっとそれを探す作業に没頭していたが、何もかも無駄だったわけだ。

そう考えると、肩に疲労感が重くのしかかる。今はセミの声がひどく耳ざわりだ。

二〇三三年でもこの鳴き声はまるで変わってないな、と僕は頭の片隅で考えた。

彼らは千年前も二千年前も、この声で鳴き続けてきたのだろう。夏のノスタルジアは案外、僕らのＤＮＡに刷りこまれているのかもしれない。

その後も手がかりを得られないまま、僕は悶々《もんもん》とした夏休みを過ごす。

八月の水曜日の午後、僕が例によって光る雪のことを考えていると、誰かが部屋のドアをこんこんと叩いた。

「ナツキさんナツキさん、今って暇ですか？」顔を出したのは麻百合だった。「よかったら泳ぎに行きません？」

「えぇ？　突然だね」

「だって今日は暑いですし、見た感じ暇でしょう？　行きましょうよ。ご近所にある素敵なプール！」

「暇って……。まぁ、たしかに近いけど、そんなに素敵なプールでもないでしょ。というか、君ってそんなに泳ぐの好きだった？」

「やあやあ、何事も気の持ち方しだいですから。じゃあ決まりっ」

まあいいかと僕は息を吐く。たしかに今日は暑いし、プールはプールだし、麻百合の言うことは正論だ。それに彼女に誘われて、僕は内心どきどきしていたのだ。

光る雪の謎のせいで、最近は心の余裕を欠いていた。でも彼女に対する好意は変わっていない。むしろ自分で自分を抑えているから、胸の底に感情が濃縮されていた。この辺で軽く発散させておいた方がいい。

僕と麻百合はバッグを持って家を出た。炎天下だったこともあり、プールに着いたころにはふたりとも顔が火照っていた。

「ふう。すっかり汗かいちゃいましたよ。早く泳ぎたいですね」

「ああ、俺も。じゃあ着替えて合流しよう」

僕は更衣室で手早くサーフパンツ型の水着をつける。ナツキは水着を持っていなかったから途中で買ったのだ。たぶんまったく泳げないナツキ——いくら苦手でも練習しないと泳げるようにならないぞ、と僕は思う。

一般用のプールに行くと、麻百合はすでに水着姿で待っていた。

「遅ーい。遅いですよ、ナツキさん！　そんなに時間かけちゃって、女の子ですか？」

「悪い悪い……。って麻百合、スクール水着で来たのか？」

「ふっ」

麻百合は腰に手を当てると、モデルのようなポーズをした。彼女はべつにモデル体型ではないが、とりあえず紺色のスクール水着は色白の体によく映えている。

「似合うでしょう？」

「かもしれない」

僕は少し目のやり場に困る。「それより早く泳がないか？」

「ですねー。今日は本気で泳ぎますよ？　見ててください、わたしの勇姿！」

彼女はクールに笑ってスイムキャップをかぶった。そしてプールの端まで歩くと、トビウオのように跳躍して上級者コースに飛びこむ。

流線型。着水しても飛沫《しぶき》がほとんどあがらない。

「すごっ！　なんだよあれ……？」

水の中を彼女は洗練された美しいフォームで泳いだ。鮮やかなクロール。たちまち二十五メートルプールの端まで到達し、くるっと回転してプールの壁を蹴る。

クイックターン。

そして今度はこちらへ向かって来た。その後も何度も往復して彼女は泳ぐ。

人魚姫のようで、正直見とれた。

「麻百合……。こんなに運動神経よかったのか。しかもタフだし」

軽く水遊びがしたいのだろうと思っていたが、違ったらしい。僕は今まで麻百合のことをまるで知らなかったんだな、と遅まきながらに実感する。

「うん。俺も負けちゃいられないね」

僕は気合を入れて隣のレーンに飛びこんだ。そして彼女と張り合いながら心地よく泳ぐ。何往復もしているうちに気分もすっかり晴れやかになった。

しばらくして疲れた僕は水からあがった。ベンチで休憩していると、やがて彼女がきらきら光る水滴を垂らして近くに来る。

「あれあれー？　もう音《ね》をあげたんですか、ナツキさん。意外と体力ないんですね」

「……今までのは準備運動。本番はこれから」

「それはそれは」

彼女は笑って僕の隣に座ると、スイムキャップを取る。水飛沫がきらっと跳ねた。

「でもさ、麻百合って意外とすごいんだね。あんなに泳げたなんて今まで知らなかったよ。まるで魚だ」

「魚」と彼女は棒読みで呟く。

それから頬に手のひらを当てて「どんな魚ですか？」と僕に訊いた。

「なんだろう。サメとか？」

「サメェ……？」

彼女は輪切りのレモンでも噛んだような顔をする。

「やだなぁ。そこはエンゼルフィッシュとか、もう少し可愛い魚にしてくださいよ。サメはちょっとイメージが凶悪すぎます」

「ま、たしかに」

僕が頭をかくと、彼女は楽しそうにくすくすと笑った。

「せっかくの機会ですし、一度思いきり泳いでみたかったんです。制限なしで、本気で体力の限界まで。今日はまだまだ行きますよ？　ナツキさん、ついてこられますか？」

「当然！」

それから僕は麻百合と再びプールの上級者コースへ行った。そして今度はへとへとになるまで全力で泳いだ。彼女の本気の体力には、正直なところ脱帽した。

午後の四時まで泳いで、満足した僕らはプールを出た。

途中でカルピスウォーターを買って木の茂る公園まで歩き、ベンチに並んで座る。静かで暑い午後だった。心地いい筋肉の疲労と、どこか眠気を誘うセミの声。八月の空はまだ青く、もこもこした白い積雲が豊かに浮かんでいる。

喉の渇きをジュースで潤し、しばらく僕らは夏風に吹かれていた。

「さっぱりしました？」唐突に彼女が言う。

「え？」

「いえ、最近ちょっとお悩みのように見えたので。くわしいことは知りませんけど、こういうときは体を動かすのが一番ですよ。考えすぎると、なんでも無意味にややこしくなっちゃいますから」

「あぁ……。かもしれない」

やっぱりそうだったのかと僕は思う。

麻百合が僕をプールに誘うなんて何か妙な気はしていたが、理由があったのだ。彼女は僕に息抜きをさせて、励まそうとしてくれていたらしい。

その気づかいは不思議なくらい胸に響く。たぶん僕がずっとひとりで事に当たっていたからだろう。この二〇三三年の世界で、僕は本当は淋しかったのだ。

いいなぁ、と素直に思う。

その気持ちを今、改めて確認した。──好きだなぁと。

大事な感情だからこそ、言葉にしなくてはならないことがある。察してほしい的な昔の男ならともかく、現代の男子は言葉から逃げられない。時代は進み、価値観はつねに刷新されている。そして僕は彼女のことが、やっぱりとても好きだった。

「……あのさ、麻百合」

「ん？」ベンチの隣に座る彼女がこちらを向く。

「俺、君のことが──」

口に出しかけて、しかし僕は寸前で唇を噛んでこらえる。

本当に本当に、伝えたかった。

でも許されない。

なぜなら今の僕は嵯峨愁ではなく、嵯峨ナツキだから。別人であり、所属する時代も違う。彼女は本来の僕よりも三十年も未来の世界に住んでいる人なのだ。

なんて苦しい……。

なんという切ないことなんだろう。

生まれて初めての恋なのに叶《かな》わない。一年後、僕はこの場所にいないから──。

相手はすぐ目の前にいて、今、僕を見つめてくれている。だからこそ残酷すぎる。

根源的な疑問が再び僕の頭をよぎっていく。どうして僕は君のことを好きになってしまったんだろう?

無言で唇を噛みしめる僕の姿が痛々しかったのか、麻百合が静かに言う。

「よかったら、お手伝いしますよ、ナツキさん」

「え?」

「わたし、あなたに協力します」彼女は微笑んだ。「もう黙って見ていられません。何を悩んでいるのかは知りませんが、言ってください。力になります。いえ……力になりたいんです!」

予想もしない言葉に、僕はつい毒気を抜かれた。

でも彼女の目は真剣だった。水晶体が濡れたような光を細かく反射している。

「あぁ……お願いするよ」気づくと僕は言っていた。「頼む。手伝って」

「まかせてください!」

4

それから夏休みが終わるまで、僕らはほとんど毎日一緒に過ごした。

たしかに彼女は有能だった。自殺願望の疑いがあるのはナツキではなく、知人だということにして僕は説明したのだけれど、そこは軽く流し、すぐに肝心なところに着目してくれた。

「光る雪……安らげる死の世界……。ポイントはそこですね？」

「そう！　まさにそうなんだ」

「じゃあ、てきぱき調べちゃいましょう」

まずは各自ネットを調べた。でも該当するものはみつからない。当然だ。僕もナツキのスマートフォンの様々な履歴をあらかた調べてはみたのだから。

ネットに情報がない場合はどうすればいい？

答えは〝図書館へ向かう〟。本格的な調べ物をするのなら、やっぱりそこだ。ネットの情報も、もともとは紙の本から引用しているものが少なくない。

毎日、僕と彼女は手分けして多くの資料にあたった。

「どうですか、ナツキさん。何か進展ありました？」

「いやぁ、残念ながら。そっちは？」

「わたしもぜんぜん」

「そっか……」

「んー、目のつけどころが間違ってるのかなぁ？」

僕は主に神話や宗教に関する本を調べていた。いかにも本好きの少年が熱中しそうだし、光る雪や安らげる死の世界というのは、そちらの方向性に感じられたのだ。

宗教というのは、おおむね死後の世界の在り方に重点を置いている気がする。どんなことを唱えても死者たちが内容に文句をつけないせいだろうか？

麻百合はというと、僕とはまったく違うアプローチで、病気の一種ではないかという視座から資料にあたっていた。

「たぶん、脳と関係がある幻覚の一種だと思うんですよね、光る雪」

そう言って麻百合は本のページを指さす。

「ほら。ここ見てください、ナツキさん。レビー小体型認知症。場合によっては幻視の症状が出たりするらしいですよ？　実際には見えないものが見えたり、感じられたりするって書いてます。光る雪というのも、その一種なんじゃないでしょうか？」

「うーん……」

僕は彼女が指さしたページの、わかる部分だけを抜き出して読む。

「どうだろう。じつはわりと若いんだよ、例のその人。俺たちと同い年なんだ。この病気は往々にして高齢者に多いって書いてあるし……」

「そっかぁ。なら、もう少し違う本も調べてみますね」

「悪い。それにしても麻百合って頭いいんだな。こんなに難しい本、すらすら読みこなしちゃって」

「いえいえー。正直言うと、ちんぷんかんぷんです」

「何それ？」

僕はつい吹き出す。「でもサンキュ」

実際の話、ありがたかった。その純粋な感謝の気持ちは日々積もっていく。それが感情のグラスに一定量たまると、あふれる前に、僕は彼女を図書館のそばのカフェに誘うことにしていた。

白い壁にフルーツの抽象画がかかった北欧風の店だ。彼女はその店が好みだったらしく、いつも喜んでついてきた。「ごちになります」と無邪気に微笑んで。

そして僕らは今日もアイスコーヒーを頼み、いちごのショートケーキも注文して、おいしく食べながら息抜きをする。

「ね、ナツキさんナツキさん」

「何？」僕はケーキから顔を上げた。「ああ、時間なら気にしなくていいよ。夕食まで、まだだいぶあるから。それまでには消化できるでしょ」

「そんなこと聞いてませんっ」

彼女は唇をぷっと尖《とが》らせた。そしてショートケーキの欠片をフォークに刺すと、いたずらっぽい表情で僕に近づける。

「いつもご馳走してくれるお礼に一口。はい、どうぞ」

「ええ……？」

僕はつい赤くなった。からかわれている。なぜなら彼女は対面で小悪魔のように微笑んでいるから。

それがわかっていても、心は弾む。

仕方ないじゃないか。それでもいい。

顔を火照らせて僕は小さく口を開ける。そして切なくなる。

この気持ちは報われないのに。僕らは決して結ばれない運命にあるのに。

でも、だけど——。

気づくと僕は自暴自棄でフォークにかぶりついている。

「……あむ!」

「きゃっ? ナツキさん、食いついた!」

「あむあむ……」そのまま咀嚼して僕はケーキを飲みこむ。

「やー、ナツキさんを一本釣り。わたし、漁師の殿堂入りですね。ここに釣り名人が誕生しましたっ」

「してないし」

大抵のことは問題なくやれて、元の世界ではいつも退屈していた僕が、彼女の前ではこのざま。一本釣りされる魚だった。それは苦笑を誘う事実だが、嫌ではない。自分でもどうかしていると思う。でも彼女にならば、僕は——。

そんな甘くて苦しい時間を僕は大切に味わった。

＊

夏休みが終わって新学期が始まった。あれだけ図書館に通ったのに、僕らは光る雪の決定的な手がかりを得られないままだった。

でもすべてが無駄だったわけじゃない。夏休みの長い時間を共有し、僕と彼女の心の距離はすっかり縮まった。これといって特別なことをしたわけではないけれど、自然な心のつながりを感じるようになったのだ。

今の僕らのあいだには、さりげなくお互いを気づかう親密な空気が流れている。からかったり、いたずらをしたときでも、それは変わらない。表面的には小競り合いをしているときでも根底では相手を思いやっている。たしかな信頼がそこにはあった。

でも、それはあくまでも僕らの関係についての話。光る雪の調査の件は、かなり先行きが怪しかった。

たぶん今の方向性ではまずい。資料や文献を調べるだけではなく、何か新しい切り口が必要なのだ。

でも、どんな？

僕はずいぶん頭を悩ませた。でもその行きづまりは、ある日ふいに打開される。

十月半ばの雨が降る涼しい夜更けのことだった。

——ほら、起きな、嵯峨愁。

「ん……」

——起きるんだよ、早く。

誰かに呼ばれたような気がして僕は目を覚ます。するとそこは暗闇の中だった。

「なんだ夢か……」

ナツキの部屋のベッドの上に僕はいた。時刻は午前四時過ぎで、普段ならまだ寝ている時間帯だ。実際、僕はまたすぐに眠ろうとした。

でも不思議なことに眠くならない。羊が一匹、二匹、三匹——いや、無駄なあがきはやめよう。たぶん変な夢を見たせいで神経が高ぶっているのだ。

「あったかいものでも作って飲むか」

僕は階段をおりて一階へ向かう。

すると驚いたことにリビングルームにはあかりが灯《とも》っていた。こんな時間に誰が？

ドアを開けてリビングに足を踏み入れると、ナツキの母が電話をしている。

「……母さん？」

彼女はこちらを向くと、コードレス電話の子機の送話口を手で押さえて言った。

「起こしちゃった？　ごめんね。小声で話してたつもりだったんだけど」

「ううん、起きたのは偶然だよ。それより誰？　こんな時間に」

まさか身内に不幸でも？　尋ねると予想外の答えが返ってくる。

「お父さん」

「はい……？」

聞き間違いだろうか？　きょとんとする僕に、ナツキの母は「時差があるから」と少し照れくさそうに語った。

「言わなかったっけ？　シアトルだと、だいたい今くらいがお昼の休憩の時間なの。いつも愁が……お父さんがこっちの時間の都合に合わせてくれるんだけど、今日は珍しく早起きしちゃったし、こういうのもたまにはいいかなって」

僕はしばらく無言で、彼女の言葉が意味するところを考える。

まさか——。そういうことなのか？　冷や汗がぷつぷつと背中に浮いた。

「あのさ……」

「ナツキも話す？　お父さんと」

彼女は屈託なく電話の子機を差し出してきた。僕は短く喉を鳴らして尋ねる。

「今も生きてるんだね？　俺……じゃなくてナツキの父は。つまり嵯峨愁は！」

「何言ってるの？　寝ぼけてるのかな？」

彼女は怪訝そうにまばたきした。

「当然だけど、ちゃーんと元気でやってます。去年からシアトルの子会社に出向してるけど、風邪ひとつ引いてないって。最近は向こうにも慣れて、英語もそこそこ通じるようになってきたみたいよ？」

なんてことだろう。

夏休み中、僕は麻百合と図書館にいることが多く、ナツキの母とは踏みこんだ話をしなかった。光る雪の件で頭がいっぱいで、気づくのが遅れたのだ。

話によれば、ナツキの母は夫の嵯峨愁と、平日の午後にときどき電話していたらしい。彼女が昼間に家にいるのは、現在はスーパーマーケットでは働いていないから。

今の彼女の職業は小説家なのだった。

よく考えれば当然だった。もともと彼女は作家で、書けなくなったのは夫の嵯峨愁が肺がんで死んだから。その愁が生きているのなら筆を折る理由がない。現在は僕らが出かけたあと、家のノートパソコンで地道に原稿を執筆中なのだという。

それらを説明してもらった上で、僕は電話の子機をこわごわ受け取った。

未来の自分と話すなんて刺激的なこと、僕以外の誰にも体験できないだろう。

「もしもし……？」緊張で声が少し震える。

「やあ、俺！」

電話の向こうの声は、人を食った調子で言葉をついだ。

「俺というか、正確に言うとナツキの体に入ってる、中学一年の時点の俺か。調子はどうだい？　十代の嵯峨愁」

「まあまあ……だよ、四十代の嵯峨愁」

「そ」

「淡泊」と僕は呟く。「まあいいけど。そっちは今シアトルなんだって？」

「あぁ、そうか。君は今このタイミングで知るんだっけ」

なるほどな、と彼は何か得心したように言って続けた。

「何せ時差が十六時間あるからさ。基本的に母さんとは、いつもテキストメッセージを送り合ってるんだけど、たまにはね……。肉声を聞きたくなるのが人情だろ」

さりげない口調だが、彼は彼なりにナツキの母をとても大切に思っている。そのことがひしひしと伝わってきた。

だって未来の自分なのだ。わからないはずがない。

そういえば以前、ナツキの母が夜中に電話したあと眠れなくなったと言っていたのを思い出す。『コーヒー飲んだから。シアトルで連想したのかな』みたいな内容だったが、勘違いしていたようだ。

あのときからとっくに、と僕は思う。

「まったく……」僕は鼻をこする。「でもほんと、うっかりしてたよ。今の今まで生きてることに気づかなかったんだから。煙草はもうやめたんだね？」

「ま、お世辞にも体にいいものとは言えないからさ。えーと……あれは小学六年生のときだったか。最初にナツキと入れ替わったときに知ったんだ。未来の自分が肺がんで死んでたら吸う気も失《う》せるよ。ニコチンにもタールにも潔くさよならした」

つまり、それを契機に死から生へ運命が切り替わったのだろう。

最初の入れ替わりで僕は自分の死因を知り、一年後に元の時代へ戻った。結果的にそのタイミングで、世界は今の状態に改変されたのだ。

「賢明だね」僕は言う。

「だろう？」

「もちろん、こっちもそうするつもりだけど」

「賢明だ。おかげでこっちもぴんぴんしてる。仕事も目下、順調だよ。北米の子会社でやってるプロジェクトの再建をまかされる程度には評価もされてるらしい」

彼の今の仕事はVRソフトウェア開発のディレクターだということだ。プロジェクトが無事に終了したら、その時点で日本に戻って来られるという。

まだ当分かかりそうだけどな、と彼は言った。

「でもさ、こういうのって大丈夫なわけ？」僕は気になっていたことを訊いた。

「何が？」

「なんていうか、その……タイムパラドックスみたいな？　ほら、よくあるじゃない。同じ人間が同じ時代に存在すると、因果の法則がおかしくなって世界が壊れるとか」

すると電話の向こうで軽い笑い声がした。

「お答えしよう。それはＳＦ映画とか小説の話だろ？　胸に手を当てて思い出してごらん。ぜんぶフィクションであり、刷りこまれた君の思いこみにすぎない。現実はまた別物だよ」

「ん……」

よくよく考えると、そのとおりだった。

「そもそも水鏡の奇跡は現代物理学を超越する。だからこそ神の計らいなのさ」

言われてみれば、それもまたそのとおりかもしれない。

「あと、俺と君は同一人物じゃないよ。少なくとも完全に同じではないだろ？」

「え？　どうして」僕はまばたきする。

「どうしても何も、見た目からして違うじゃないか。今の君の体はナツキで、俺は俺。他人が見たら同一人物だなんて夢にも思わないよ。それに年齢が違えば経験も違う。人の性格は情報量で変わっていくんだ。今の君と俺が同一人物であるはずがない」

「……そっか」

たしかに深く考えると、今の僕らの同一性は非常に不確かで、ある意味では別人と言ってもいいのだろう。科学というよりも哲学の領域だ。わかった、それはもういい。だったら遠慮なく、本当に知りたかったことを質問させてもらおう。

「じつは教えてほしいことがあってさ。光る雪のことなんだけど」

「うん？」

それから僕はナツキの自殺願望について懸念していることを彼に説明した。未来の息子が抱く不思議な妄想——発光する雪が降る、安らげる死の世界に関する話を。

彼は黙って僕の話に耳を傾けていた。

「麻百合は、ただの幻覚じゃないかって言ってるんだけど……」僕は言った。

「うん。ある意味、正しい」

「ある意味ってどういう意味？」

「つまりね、人が見聞きして現実だと思いこんでるあれこれは現実そのものじゃないんだよ。実際には、ごく限られた範囲の個人的な物語に近い。言ってみれば、それは現実と呼ばれる幻想だろ？　幻想は幻覚のお友達だ」

「ちょっとちょっと。大人のくせに中二病みたいなこと言わないでくれよ」

「リアル中学生に言われたくない」

　そう言うと彼は沈黙した。あれ、失言したのかな、と僕は思う。とくに深い意味はなかったのだが、彼の自尊心を傷つけてしまったのかもしれない。

　やがて彼は静かに呟く。

「……幻覚の話は本当だよ。疑うのなら母さんに訊いてみな」

「母さんに？」

「そ。結論は自分で摑め」

　彼が話を終わらせようとしているのがわかって、僕は焦る。

「ちょっと待ってよ。怒ったのか？」

「いやぁ、これくらいで怒るわけないだろ。ただ……昔の自分を思い出したんだ。俺は俺から直接訊くんじゃなく、やっぱりもっと自然な状況で真相を知るべきでしょ」

「どういうこと？」

「今はそれでいい」彼はふっと笑う。「まあ元気でやりな。俺は十六時間ほど過去のアメリカから、君を応援してるよ。じゃあね！」

　彼は一方的に電話を切ってしまった。

　僕は電話の子機をぽかんと眺めながら「切れちゃった……」と呟く。

「しょうがないなぁ」ナツキの母が苦笑した。

僕は電話の子機をナツキの母に返すと、カーテンをわずかに開けて窓の外を見る。細かな雨が降る十月の闇の中で、町はまだ眠っている。ナツキの母は料理の下ごしらえを始めた。このまま夜明けまで起きているつもりらしい。

「あのさ……。ちょっと訊きたいんだけど」僕は切り出した。

こんな変な質問をしてもいいのかと少し迷ったが、さっきまで電話していた大人の自分から気分的に背中を押された。

「俺って昔、幻覚を見たことはある？　オレンジ色の雪が降る幻。そこって、すごく安らげる場所で、じつは死後の世界のイメージらしいんだけど」

「ナツキ」彼女は目をまるくした。「覚えてたんだ」

やっぱりか、と僕は震撼《しんかん》する。

オレンジ色の光る雪はナツキの見た幻だったのだ。彼の母親もそのことを知っていた。だったらナツキは麻百合の言うように何かの病気なんだろうか？

「懐かしいなぁ。まさか覚えてたなんて……。でも、どうして急に？」

「ちょっとね、さっきの電話で話題になってさ。俺、覚えてなくて話についていけなかったんだよ。悪いけど、くわしく教えてくれない？」

「いいよ」彼女はあっさり言った。「まぁ覚えてないのも無理ないけど。あのときのナツキ、すごい熱だったから」

「熱？」

「インフルエンザ。ナツキが小学四年生のときだよ。十日近く寝こんでたのかな。そのとき、よくうなされて寝言を言ってた。ナツキが死んじゃうんじゃないかって心配で、お母さん、ずっとそばについてたの」

「そう……だったんだ」

体質が特殊だったらしく、薬を飲んでもナツキの熱は下がらなかった。四十度を超えることもあったらしい。彼女はしんみりとこう語る。


冬だった。窓の外には柔らかな雪が舞っていた。

夕方に薄暗くなると、いつもルームライトの弱い電球をつけていたせいか、ナツキはよくオレンジ色の雪が降る幻を見たようだ、と彼女は語った。電球の色とインフルエンザの熱が、白い雪を意識の中で神秘的な暖色に染めあげたのだろう。

ある日、布団に仰向けのナツキは、熱で顔を火照らせて彼女に訊く。

──お母さん、僕このまま死ぬの？

その質問にナツキの母は息をのんだという。

──死んだら、やっぱり地獄に行くのかな？　だったら怖い……。

そんなふうに言う幼い息子に、彼女はきっぱり告げる。

「死なないよ。死ぬわけない」

彼女は優しく息子にさとした。

「地獄にも行くわけないよ。ナツキが死後に行くのは天国。でもね、そこに行くのはずうっと先。年月が経って、よぼよぼのおじいさんになってから」

そうなの？　と不思議そうにナツキは口を動かす。

——天国ってどんな場所？

「天国はね。うーん……気持ちがよくて、心から安らげる場所だよ。おだやかで何の心配もいらない、永遠の幸福が満ちてるところ。死ぬとナツキはそこに行く。そしてまた楽しく暮らすんだよ」

——そうなんだ。行ってみたいなぁ。

刹那、なぜか彼女はぐっと涙腺がゆるんだが、「だめ」と答えた。

——どうして？

「行ったら戻って来られないから。お母さんと、もう会えなくなってもいいの？」

ううん、それは困る、とナツキは言った。じゃあそういうこと、と彼女は微笑む。

そして、それから数日間、ナツキは寝言で呟くようになる。

——死後の世界は安らげる場所。気持ちのいい世界。そこではオレンジ色に光る雪が降っていて、みんなが幸福になれる……。

母がしてくれた説明と、熱に浮かされて見たオレンジ色の幻覚が混じったものだ。その夢の中で、ナツキはきっと幸せに眠っていたのだろう。

すべての話を聞き終わった僕は呟く。

「……そういうことだったのか」

彼の自殺願望は、暗い自己破壊の欲求でも、自己陶酔の表れでもなかった。それはある種の原体験。幼少期に病に伏していたときの母の言葉がルーツだったのだ。

ナツキの母の言葉は夢のようなイメージとして、願望として、ずっと息子の心に残っていたのだろう。インフルエンザが治り、その記憶が薄れて消えてからも。

意識の底に母の言葉が、今も忘れられることなく存在する――。

そう考えると、僕も不思議と心があたたまった。

「ほんと、懐かしいなぁ……」

ナツキの母は思い出に浸るように言う。

「あのときは、ほんとにナツキが死んじゃうんじゃないかと思った。でも今はこんなに丈夫になって……。時間ってすごいよね」

神様にも感謝しないと、と言って彼女は微笑む。

それは何の神様なのだろう？

ともかく僕も同じように深く感謝したのだ。神様よりも、むしろナツキの母親に。

＊

その日の放課後、僕は夕日に照らされた教室の窓際で、風に揺れるカーテンを指でもてあそんでいた。そうしながら麻百合に一連の出来事を話して聞かせた。

「ふーん……なるほど。そういうことだったんですか。じゃあ自殺願望の件はこれで解決ですね？」

「ああ。結局は麻百合の仮説が当たってたんだ。今までありがとう」

「どういたしまして」

彼女は長い睫毛《まつげ》に縁取られたアーモンド型の目をいたずらっぽく細めた。

「ナツキさんのお悩みが、すべて解消されて何よりです」

「ん……」

つまるところナツキは積極的に死にたいと思っているわけではない。それは幼い日に抱いた空想の世界への憧れのなごり。だったら本気で実行することはないだろう。僕が心配して早とちりしていただけだった。

——『僕にはそれをする必要がある。どうしても避けては通れないんです』

あの手紙の内容のとおり、ナツキは向こうの世界でやるべきことがあり、そのために入れ替わり現象を自ら起こしたに違いない。中学生なりに命を賭けて人生の大きな勝負に出た。だったらそれが何かは知らないが、応援したい。

しかし命を大切にしてほしいことも、また偽りのない本音だった。

今回知った一連の事実——ナツキの死への憧れの根源にあるものを手紙に書いて残しておこうと僕は思う。事実を知って母親の気持ちが伝われば、彼は決して自分から死んだりしない。何もしなくても問題ないのかもしれないが、駄目押しの意味で。

こうして未来の息子、ナツキの自殺の件は落ち着くべきところに落ち着いたのだ。

ただ、先ほどの発言について言うなら、麻百合はひとつ忘れている。僕の悩みがすべて解消されたわけではない。

まだ重要なものが残っている。それは彼女に対する僕自身の恋心——。

5

十一月も下旬になって、秋も深まった。街路樹のイチョウも美しく紅葉している。

僕は今後の方針をまだ決められずにいた。麻百合に対する、もみじのように色づいた思いを、自分の中のどこに落としこむべきかわからない。

水鏡の入れ替わりの期限は一年だ。来年の夏には、僕は元の時代に強制的に戻される。だからこの思いは告げられないと以前は考えていた。

でも最近は違う。だって断ち切ることなんかできないのだ。それよりなら、思いを告げた上で交際はできないと正直に伝える――その方が誠実なんじゃないか？

自分はじつは三十年前の世界の人間なのだと。今は未来の息子の体に入っているが、本当は嵯峨愁という同い年の男子なのだと。

もちろん話を信じてもらえるかどうかは不明だ。でも本気というのは本気でぶつければ通じる。そう信じたい気持ちが今の僕にはある。聡明《そうめい》な彼女なら、わかってくれるかもしれない。

この思いを、僕はどうしても――。

「おーい！　ナツキくん」

考えながら廊下を歩いていると、背後から話しかけられた。僕は振り返る。

「……なんだオギノメか」

「なんだってなにさ」学生服姿のオギノメは苦笑した。「あれ？　もしかして悩み事でもあるわけ？」

「ん、どうしてそう思うんだ？」

「だって顔に書いてある。ぼくでよかったら相談に乗るけど？」

「気持ちはありがたいけど、俺のこの複雑で繊細な悩みがオギノメにわかってもらえるかどうか……」

するとオギノメは、ははっと笑った。

「好きな女子のことなんじゃない？　男子の悩みの八割はそれらしいよ？」

うっと僕はあごを引く。

「……これは友達の話なんだけど」僕はオギノメに相談することにした。

「出たぁ。友達の話！」

「はいはい、悪かったよ」

自分の髪を軽くかきまわして僕は続ける。

「そいつには好きな人がいて、だけど絶対に交際できない事情があるんだ。そこはどうしても変えられない。それでも気持ちを伝えるべきか……。オギノメならどうする？」

「伝えるに決まってるよ」

あっさりと彼は言った。

「だって人生は一度きりだもん。やらないで後悔するより、やって悲しんだ方がいい。ありふれた言葉だけど……だからこそ普遍の真実でしょ？」

オギノメのその意見に、僕ははっとさせられた。

縁というのは不思議なものだ。たぶん僕は素晴らしい友達を持ったのだろう。

気持ちを整理するのには少し時間が必要だった。また、十二月の初めに期末テストがあり、それにもエネルギーを費やした。

学校行事にひと区切りついた十二月の半ば。冬休み前の最後の週末に、僕はそれを実行に移した。

電線の上にふくらんだ数羽のスズメが並んでいる。雪こそ降っていないが、きりっと空気が冷たい日曜日。厚いコートを着たクラスメートが男女合わせて十名ほど、中学校に近い浮間舟渡駅に集合した。

「そろそろ全員そろったんじゃない？」

皆を見回して僕が言うと、麻百合が顔ぶれを順にチェックする。

「えーと……。はい、全員いますね！」

「時間どおりだ。じゃあ行こう」オギノメが爽やかに言った。

そして僕らは改札を通り、JR埼京線《さいきょうせん》の電車に乗る。

今日は仲のいいクラスメートと東京ドームシティに遊びに行くことになっていた。オギノメの計らいだ。名目上は期末テストの打ち上げを兼ねての遊園地。

でもオギノメは結局のところ、僕のためにこの件をセッティングしてくれたのだ。彼は言っていた。

「いつも見慣れた場所だと告白もしにくいからね。段取りはまかせて。こういうときのポイントは、ドラマティックな非日常を演出することだよ」

「……すごいな。じつは百戦錬磨なのか、オギノメ？」

「まさか。ネットに書いてあったことの受け売り」

それも含めて総合的な彼の意見だった。何はともあれ、感謝する。そして僕はこの機会をしっかり活用しなければならない。

三十分ほど電車に揺られて後楽園駅《こうらくえんえき》で降りた。東京ドームシティに着いてからは、しばらく集団で行動する。

まずは皆で定番のジェットコースターに乗った。処刑台に運ばれるみたいにゆっくりと車両が坂をのぼっていき、頂点に達するとレールを急降下する。

「うわあぁぁあああ！」

「きゃーっ、最高っ！」

悲鳴をあげたのは僕を含む大半で、歓声の主は麻百合だった。絶叫マシンが好きだったらしい。動じないところを見せられなくて軽くショックだ。

立ち直るために皆でハンバーガーとたこ焼きを食べ、その後は敷地《しきち》内をぶらぶら歩く。キャラクターグッズのショップを見たり、珍しい雑貨店を見たり、気分が落ち着いたあとは、またアトラクションに乗った。

やがて冬空が淡い金色を帯び始めたころ、オギノメが「疲れてる人もいるし、あとは自由行動にしようよ。休むもよし、遊ぶもよし、帰るときにまた合流！」と提案した。夕方六時にラクーアのスターバックスで落ち合うことにして、各自ばらける。

オギノメがしきりに目くばせするので、僕はさりげなく麻百合を誘った。

「あのさ、観覧車まだ乗ってないだろ？　行かない？」

「いいですね。わたし、高いところが好きなんです」麻百合が明るく言った。

「関係ないけど、なんとかと煙は高いところが好きってよく言うよね」

「じゃあ、わたしは煙の方で！」

「なら、俺は……」

「なんとか」と彼女はからかうように微笑んだ。ユニーク。

僕と麻百合は観覧車の乗り場まで行った。下りてきたゴンドラにふたりで乗り、向かい合って座る。

十二月の空は薄い水色だった。眼下の光景がレゴで作ったようなミニチュアに変わっていき、ゴンドラ内のムードも徐々に緊迫していく。

たぶん僕の緊張が伝染したのだろう。いつもの軽口を彼女は言わない。沈黙の中、僕は表面的には涼しい顔で、しかし必死に鼓動を落ち着かせようとしていた。

本当は昨夜シミュレーションを重ねていた。観覧車の進行に合わせて話を盛りあげていき、頂点で告白におよぼうと。

でも現実はどうだ。ふたりきりの密閉空間がこれほど危険なものだったとは。最初から感情が高ぶりすぎて切り出せない。もっと普通の場所を選ぶのだった。

やがてゴンドラが一番高い場所に到達する前に、僕はなんとか勇気を振りしぼる。

「あのさ、麻百合！」

「は、はいっ」彼女が華奢《きゃしゃ》な肩をびくりと持ちあげる。

「俺、君のことが……好きなんだけど」

「はい？」

肯定の意味の「はい」じゃなかった。唐突すぎたのだ。

「だからさ、俺、君のことが好きなんだ。前からずっと……伝えたくて！」

言い終えると、ゴンドラの中に沈黙が降りる。

麻百合は大きく目を見開いていた。唇が無防備に開いて白い歯が覗いている。僕はと言うと、心の服をすべて脱ぎ捨てた気分だった。どうにかなってしまいそうな静寂だ。

彼女はどう答えるのだろう？

YESなら、僕は自分の正体を包み隠さず彼女に明かす。今の僕は嵯峨ナツキではなく嵯峨愁なのだと。水鏡という神様の力で未来の息子と入れ替わっている状態なのだと。

その後の展開は流れしだいだ。

ＮＯならどうしようか？　そのときは泣いて断念するしかない。彼女の前で涙なんて見せたくはないけれど。

麻百合の反応はどちらでもなかった。

「じつは、その、なんとなくわかってました」俯《うつむ》いて彼女は呟く。

「え？」

「いえ、こう言うのはあれなんですけど、ぼんやりと気づいてたんです、あなたの気持ち……。百パーセント確実にってわけじゃないですけど、やっぱり同じ家で暮らしてますから。そういうのって案外伝わるんです。まぁ、わたしも女子の中では、すごく鈍い方なんですけど」

そうだったのか、と僕は思う。

でも結局それはＹＥＳなのかＮＯなのか？　僕が内心焦《じ》れていると、不思議な返事が戻ってくる。

「今は答えられないんです、ナツキさんの言葉に」

「えっ？」

「今は」

そう言うと彼女は立ちあがり、横の広いスペースに行儀よく移る。

「今はだめ、今日は答えられません。保留にさせてくれませんか？　お手数かけてごめんなさい。でも、別な時間と場所だったら、わたし——」

胸を押さえ、心をこめて訴えかける彼女の前で、僕は言葉を失う。

何が？　なぜ？　どういうわけで？　別な時間と場所なら、なんだっていうんだ？

彼女の言葉が何を意味するのかはわからないが、ともかく僕の告白は成功しなかった。ふられたのではなく、保留。答えてもらえなかった。

ゴンドラはとっくに下降曲線に入り、地上が迫ってくるところだった。

6

人がいくら困惑しても、時の歩みは止まらない。

年が明けて二〇三四年の一月になった。

新年あけましておめでとう——と、この時代でも正月の挨拶や風物は同じだが、僕はかつてない感情の嵐の中にいた。東京ドームシティで行った麻百合への告白。あのときの彼女の返事の意味がいまだに摑めずにいる。

あの言葉に、じつは意味なんてなかったんじゃないのか？

僕は時折そう考えることがあった。僕の告白を不思議な台詞《せりふ》で保留にしておき、彼女の態度には何の変化もなかったからだ。

例えば夜、学習机に向かって悶々としていると、「勉強お疲れさま。ナツキさんの分も用意したので、よかったらどうぞ」と熱い紅茶を持ってきてくれる。

また、朝にベッドから出られないでいると、「ナツキさんナツキさん、朝ですよ。たららららら、たらららたららら、たらら、たらら、たららー。なんて曲かわかります？　グリーグのペール・ギュントより『朝のすがすがしさ』です。起きたくなりました？」と歌ってくれたりもする。本当に彼女の態度はいつもと変わらない。

翻弄されているうちに冬休みが終わり、一月十日には始業式があった。いろんなことが曖昧なまま、再び学校生活が始まる。

今のままではいけない――。そう思って僕は一月のよく晴れた午後、家に誰もいない時間を見計らい、自分の部屋に彼女を呼んだ。床に正座して向かい合う。

「なあ麻百合。こないだのこと……どういう意味なんだ？」僕は訊いた。

「こないだ」

「わかってるよね？」

「はい」麻百合は素直にうなずく。「額面どおりに受け取ってくれますか？」

「額面どおり？」

「そうしてほしいんです。興味があるんです。ナツキさんが何をどう考えて、どんな結論を出すのか。たぶん相手がナツキさんだからこそ、知りたいのかな……」

「ごめん。よくわからない」

ふいに先日の彼女の言葉が胸によみがえる。

——今はだめ、今日は答えられません。保留にさせてくれませんか？

うん、やっぱり意味不明だ。でも、なんとなく理解できたこともある。

あれは適当なごまかしの言葉ではない。額面どおりに受け取ったその先に隠された意味があるのだ。新しいゲームのルールを探らせるように彼女は僕を試している。そして僕にたぶん何かを期待している。そうでなければ、もっと簡単に断るだろう。

「じゃあ今このタイミングで、また同じことをくり返させてもらうよ」

僕は正座している対面の彼女を見た。

「俺、君のことが好きだ」

不意をつかれたように彼女は息をのむ。

でも、すぐに涼しげに目を細めて「わたしの答えは同じです」と言う。

「今は答えられません。すみませんが、今回も保留にさせてください」

「オーケー……。じつはそう言うと思ってたんだ」

本音だった。内心ショックを受けてはいたが、これでまた一歩先に進んだ。それは一度も間違った答えを実際に間違っていると確認することには意味がある。

違わないことよりも重要なのだ。

「なんというか……当てずっぽうにやっても正解できないんだな？」

「さすがナツキさん。正しい方向性です」

「正解はちゃんと存在していて、たどり着くためには特定の条件がいる」

「すごい。本当にさすがですね。その考えを、もう少しだけ先に進めてください」

困ったものだ。おかしなことに自分でも少し楽しくなってきた。

ふと思いついて僕は尋ねる。

「君、ゲームとか好きだろ？」

「はい」彼女は花のように可憐《かれん》に微笑んだ。「でも、このゲームでは不正はできませんよ？　チートではなく考えることが大事。自分の頭で攻略法をみつけてください」

「攻略法……ね」


冬が過ぎ去って春になった。僕は中学二年生になった。

いわゆる思春期のピーク。自意識がふくらんで手に余る時期だとよく言われるが、僕にそんな余裕はなかった。彼女への思いで胸がいっぱいだったからだ。それはある意味では健全なのかもしれないが、危機感もまた強い。だって残り時間は着々と減っているのに、進展のめどが一向に立たないのだから。

彼女の言う攻略法を見出《みいだ》すためには、何をどう考えていけばいいのか？

僕は何度か彼女に告白した。

例えば放課後、職員室から鍵を借りて足を踏み入れた屋上で。

「あのさ、好きだよ。この空の下の誰より」

「……すみませんが、保留にさせてください」

あるいは四月のよく晴れた日曜日の午後、戸田公園の桜づつみで。

「君が好きだ。春の桜よりもずっと」

「今日もだめなんです。申し訳ありませんが、保留で」

そして五月、体育祭の練習が終わったあと、放課後の校舎裏で。

「ねえ、麻百合」

「すみませんが――」

「って、俺べつにまだ何も言ってないだろ……」僕は苦笑した。

「ん。でもこうして校舎裏に呼び出されるわけですから」

「それはまぁ、正論だね」

午後六時の空は鮮烈なオレンジ色。校舎が地面に濃い影を落とし、明暗のコントラストがすごい。今の僕らは影の中にいた。この告白が失敗すれば、彼女は明るい側へと歩き出し、僕の方は暗い場所に立ち尽くすのだろう。

そして現状のままだと僕はまた失敗する。

彼女が求める回答——「攻略法」をみつけない限り、道は開かれない。それがわかっているのに何度も告白したのは、思考の糸口を摑むためだ。

考えるためには材料がいる。そして、いい材料は漫然と机に向かっていても手に入らないのだ。それはおおむね行動することで、偶発的に拾うことができる。

そしてこのとき、僕が何気なく口にした言葉が彼女からヒントを引き出した。

「あのさ。これって一種のゲームみたいなものだって前に言ってたけど……制限とか決めなくていいわけ？」

「制限といいますと？」

「や、だってさ。俺はペナルティなしで何度でもチャンスがあるけど、それっていわば無限だろ？　無限ならいつかは正解できる。ならゲームとは言わないんじゃない？　君はずっと防戦なわけだし、何か制限をつけないとフェアじゃないよ。例えば告白できる回数とか、最終的な期限とか」

「なるほど」

彼女はきまじめな顔でうなずくと、くすっと微笑んだ。

「面白い人ですね、ナツキさんって」

「俺？　そうかな」

「そうですよ。だって言わなければ、ずっと有利なまま続けられたのに。わざわざ自分で自分を追いこむようなこと言って」

「……一理ある」

でも気づいた以上、言わないわけにいかなかったのだ。だって好きな相手を騙《だま》して目的を遂げたとして何になるだろう？　自分で自分の大切なものを損なうだけだ。

「じゃあ、七月一日で」と彼女は言った。「最終期限はその日にしましょう。七月一日までに適切な告白ができなかったらゲームは終了。あ、回数の方は制限なしでいいですよ。告白されるのって、じつはかなり気持ちがいいんです。それに、いつも不敵なナツキさんが玉砕して、しょんぼりするところを何度も見たくって」

「はは……。嫌いじゃないなぁ、そういう性格」

「えへへぇ。じつはわたしも好きなんです、自分の性格」

「それはそれは」

でも自分を好きなのは悪いことじゃない。それに期限も設定された。

〝期限〟。

そこに謎を解く鍵がある。僕には答えがわかった。他のヒントは以前からすでに提示されていた。

真相を摑んだ僕は、その時が来るのをじっくり待つことにする。

適切な告白——攻略法を使うためには、タイミングも重要だから。

7

夜更けに僕は、そっと自分の部屋を出た。

家の廊下は暗く、一階から物音もしない。ナツキの母はもう寝たようだ。僕は静かに二階の廊下の奥へ歩いていく。

六月の最終日の深夜だった。麻百合が決めた告白の最終期限まで、あとほんのわずか。だから今夜の彼女はまだ起きている。賭けてもいい。

僕は麻百合の部屋のドアを軽くノックした。

「いいかな、入っても」

「どうぞー」

ドアを開けると、麻百合はベッドに座ってスマートフォンに何か入力していた。

「いらっしゃい。作業中なので少しだけ待っててください」

「いいよ、ごゆっくり」

麻百合の部屋はいつにも増してきれいだった。白とピンクを基調とした花園みたいな空間。机の上も棚もさっぱりと整理されていて、観葉植物にも水をやったばかりだ。

「お待たせしました」

やがて麻百合がスマートフォンをポケットにしまって立ちあがる。

彼女は膝丈のワンピースを着ていた。上品な花柄で、とても魅力的だ。

「……どうしたのそれ？　初めて見る服だけど」僕は言う。

「買ったんです。今日のために」

彼女はぱちっと目くばせした。

「もうすぐですからね、タイムリミット。そろそろナツキさんが攻略法を見せに来るんじゃないかと思って、着替えちゃいました。あとはあれです。ちょっとしたお礼の意味で。いかがですか？」

「ああ」やっぱりそういうことだったのかと僕は思う。「似合うよ。本気で可愛い」

「ぬはー、照れます」

彼女は両手で頰を押さえて体を横に振った。その後、ふっと真剣な顔になる。

「それでナツキさん、どんな結論になりました？」

「うん、その件なんだけどさ」

僕は深呼吸して続ける。

「俺は君が好きだよ。この気持ちはまったく変わってないけど……返事を今は求めずに保留する」

「へえ」

黒目がちの彼女の顔がほころぶ。「なぜですか？」

「ここが、ふさわしい時間と場所じゃないから。それは今どこにもないんだ」

「なるほど。じゃあ、とうとう――」

「待たせて悪かったね、麻百合の中の人。君も入れ替わってるんだろ？　正体が誰かは知らないけど」

彼女が目をぱっと見開き、それから満面の笑みで言う。

「正解です！」

「ん、やっぱり。……今は攻略しないのが攻略法だったね」

言い換えれば、攻略法が存在しないと告げること自体が攻略法――この時代では。

でも本当なら、もっと早く気づくべきだったのだ。

僕が麻百合を好きになり、仲を本格的に深めようとしたのは、ここ一年のあいだ。最初に入れ替わったときの一年では何もしなかった。当時の彼女にはとくに刺激される要素がなく、従妹という関係以外のものを感じなかったからだ。すごくいい子だとは思ったけれど、たちまち運命の恋に落ちるような吸引力はない。僕はいずれ元の時代に戻るはずだし、過度に親しくなる必要はないと思った。

でも、よく考えるとおかしい。

一度目と二度目で、なぜ魅力がそれほど違う？　普通そういうのは短期間で激変するものじゃない。

最初の入れ替わりで初めて麻百合に会ったとき、僕は彼女を内気そうな人だと感じた。インドア派で、外で大勢とバーベキューパーティをするより、家で身内とたこ焼きパーティをするのが好きそうに見えた。最初の一年は実際にそうだったのだ。

でも二度目に僕がこの時代に来たときは違う。活動的だった。麻百合はすでに誰かと入れ替わっており、中身が別人だったからだ。

だからこそ、出会ってすぐに好きになる。魅力の性質がまるっきり違っていたから、一目惚《ひとめぼ》れみたいに一瞬で恋に落ちたのだ。

事情は不明だが、麻百合は僕が元の時代に帰った日——つまり二〇三三年の七月一日に、今の彼女の中にいる誰かと入れ替わったのではないだろうか？

僕が二度目にここに来たのは、最初の入れ替わりが解けた三日後の七月四日だ。タイミング的にはその三日間しかないから、的外れではないだろう。

いや、さらに言えば、彼女が最終期限を七月一日に決めたのは、そのためなのだ。

彼女は今夜の零時に、日付が七月一日になった瞬間、元の時代に戻る。部屋をこんなにきれいにしているのは立つ鳥跡をにごさずの意味。スマートフォンに先ほど打ちこんでいたのは本物の麻百合へのメッセージ。新品のワンピースは体を一年間借りたことへのお礼。そんなところじゃないか？

僕がそれらを説明すると「ええ、ええ、まさしく！」と彼女は膝を打つ。

「よかったよ。これで外れてたら立つ瀬なしだ」僕は肩をすぼめた。

「正解、おめでとうございます」

彼女は笑顔で軽く拍手した。

「でもまぁ、ほんとはもっと早く気づいてくれるかなって思ってたんですけどね。最終期限が七月一日ってヒントは、すごくわかりやすかったでしょう？　どうしてもだめだった場合、日付が変わる前に教えに行くつもりだったんですけど」

すべりこみセーフ、と言って彼女はにっこり両手をひろげた。

「ん、やっぱりヒントだったのか……」

どのみち彼女は正体を明かすつもりだったらしい。

「ま、たしかに可能性としてはありうるけどさ。ヒントがないとやっぱり無理だよ。そんな偶然、普通に考えたら起こらないだろうし」

「偶然？」

彼女は目をまるくして、その後、いたずらな小悪魔のように微笑む。

「さあ、それはどうでしょう？　偶然じゃなくて、運命なのかもしれませんよ？　わたしたちって特別な血筋ですし、赤い糸で結ばれていたのかも」

「麻百合……？」と口にしたあと、僕は気づいて言い直した。「じゃないな。ねえ、麻百合の中の人。君、本当は誰なんだ？」

「うん？」

「聖菜《せいな》」

「赤沢《あかざわ》聖菜。それがわたしの本当の名前です」

「聖菜……」僕は呟く。

「さんとか様は、つけなくていいですからね？」

彼女はなんだかうれしそうに片手を腰に当てて続けた。

「まぁ正体とはいっても、何の変哲もない女子中学生なんですけど。あなたと同じように偶然、三十年前の世界から来ちゃっただけですから。水鏡様の力で」

「三十年前？　水鏡の……？　じゃあ、君も例の言い伝えを知ってるのか？」

「もちろん！　でなきゃこんなに落ち着いていられません。心を入れ替える奇跡の恩恵を受けられるのは水鏡神社とゆかりのある者。その中でも特殊な素質の持ち主だけが、ごくまれに発現できるんだそうです。まぁ運ですね、普通じゃない強運。その時代の水鏡神社の宮司と血のつながりが濃い人ほど、能力が出やすくなるって母からは聞いてますよ。あ、当然ですけど命の危機を感じたときだけです。嵯峨家の血を引いてるからって、いつでも誰とでも入れ替われるわけじゃないんですねぇ」

「聖菜……」僕は呆然と呟く。「君は本当に何者なんだ？」

「ふふぅん」

彼女はにっこりと頬に指先を当てた。「誰でしょう？　まぁ時間も残り少ないですし、もったいぶるのはやめますね。はとこです。続柄で言うと」

「はとこ？」

それって何親等だろう？

結婚できるのは四親等からだったか、などと考えていると聖菜が言う。

「あなたの——。あ、ナツキさんの中にいる本物のあなたのことですけど、あなたのお祖父さんの弟が、わたしこと聖菜の祖父なんです。あなたのお祖父さんって、うちの祖父とは仲がよくなかったんでしょう？　だから親戚づきあいがなかったって、うちの母からは教わってますけど」

「悪いね。祖父の兄弟仲のことはよく知らないんだ」僕は首の後ろをかいた。「でも、はとこって何親等なのかな？」

「六親等です」

「そっか」

僕はそっと安堵《あんど》の息を吐くと、前髪をかきあげる。

「つまり聖菜は事情をぜんぶ知ってたんだな？　この入れ替わり現象のことだけじゃなく、俺の正体も」

「ええ。あなたが二度目にこの時代に来る前に、読んでしまいましたから。ナツキさんへの日記と手紙……。あなたが未来の息子さんに宛てて書いたものですね。ごめんなさい。身を守るためにも、状況をよく知らなきゃって思ったんです。入れ替わってすぐの日曜日に、こっそりナツキさんの部屋に入って熟読しちゃいました」

「ああ……」

僕は軽く息を吐いた。「べつにいいよ。仕方ないさ。初めての入れ替わりなら、それくらいやらないと、逆に危機感がなさすぎるでしょ。納得」

「すみません」

彼女は頭を下げて話を続ける。

「この入れ替わり現象についても最初から知ってました。きっと母が念には念を入れたんでしょう。そんなことがあるかもしれないって、幼いころから何度も聞かされていたんです。とはいっても最初はやっぱり驚きましたし、不安でいっぱいでしたけど。仮病を使って三日ほど、つい部屋に閉じこもっちゃいましたし」

「なるほどね」

僕は二度目にこの時代に来た日のことを思い出す。

「二〇三三年の七月四日……。うん、そうだ。たしかに言ってた。三日前から風邪で寝こんでて、周りに気を配る余裕がなかったとかどうとか……。そうか。あのとき、君は元の時代から来たばかりだったわけだ」

「そうなります」

「合点《がてん》がいったよ」

何もかも僕はすべてを理解した。本当に、これで心からすっきりした。

「種明かし、サンキュ」

「お役に立てて光栄です」

彼女はもう僕のことをナツキとは呼ばなかった。ワンピースの裾を軽く持ちあげて微笑むと、部屋の時計にちらりと目をやって呟く。

「でも、残念だなぁ」

「何が?」僕は尋ねる。

「もう時間が」

たしかに零時は間近だった。彼女は髪をかきあげて言う。

「本当のわたしって、わりと病弱なんです。麻百合さんの体は健康そのものだから、ずっとうらやましくて……。ねえ、知ってます？　麻百合さんってこう見えて、体力があるんですよ。去年プールに行ったときも休みなしで、驚くような長距離を泳げましたし。超人になったようなあの気分、今でも思い出します。もっと味わいたかったなぁ」

「あったね、そんなことも」僕もつい頬がゆるんだ。「聖菜は体が弱いの？」

「恥ずかしながら」

「そっか」

「この入れ替わりも、元はと言えば体調のせいなんです。喘息の発作が起きたんですけど、たまたま薬が手もとになくて。咳が止まらないからパニックになっちゃいまして」

激しい咳の中、聖菜の意識は朦朧《もうろう》となり、そのとき唐突に不思議な声が聞こえてきた。それが初めての入れ替わりだったという。

「なんというか……精神の磁場みたいなものが発生してたんですかね？　それに引きよせられたんでしょうか。わたしが遠縁の麻百合さんの体に呼ばれたのは、近くにあなたの存在があったせいなのかも。あ、そろそろ本当にさよならです」

時計を見ると、零時まであと一分を切っていた。

「待って、聖菜」僕は正面から彼女を見る。「俺の本当の名前は、嵯峨愁」

「……知ってます」

「君も三十年前の世界から来てるんだよね？　だったら俺の告白は――」

ふいに彼女はスマートフォンを取り出すと、何か操作して微笑んだ。

「もちろんオーケーです！　元の時代に戻ったら会いに来てください」

ふいにポケットの中で僕のスマートフォンが震える。取り出すと、聖菜から住所が書かれたメッセージが届いていた。事前に用意しておいたのだろう。抜かりがない。

「……会いに行くよ、聖菜！」

「ええ！　楽しみに待ってます――」

その瞬間、時刻が零時になった。

一見、不思議なことは何も起こらない。麻百合が突然びくっと体を震わせて、瞼を閉じただけだ。でも今この瞬間、聖菜と麻百合の心が入れ替わったのだろう。

ゆっくりと床に倒れていく彼女の体を僕は受け止めた。

「なあ……ちょっと、平気かっ？」

「ん……」

脱力した彼女がそっと目を開ける。「あ、ナツキくん！」

麻百合だ、と僕は思った。本物の雪見麻百合が今この時代に帰ってきた。

「お帰り、麻百合。向こうはどうだった？」と僕は言った。

8

最初はとまどっていた麻百合も、僕が淹れたアイスティーを飲んでいるうちに落ち着いた。今はベッドの側面によりかかって足を伸ばしている。

僕はすでに自分の正体を麻百合に説明済みだった。

外見は嵯峨ナツキでも、心は三十年前から来た嵯峨愁だということ。これは一年限定の入れ替わりであること。水鏡神社とゆかりのある特別な者にだけ、まれに起こる奇跡だということ——。

麻百合は僕が嵯峨愁であること以外はすべて知っていた。教えてくれたのは聖菜の母親らしい。

「じゃあ、そっちの話を聞かせてもらってもいいかな。今までどうだった？　いろいろと大丈夫だったのか？」

麻百合は「うん」とうなずき、空になったグラスをトレイの上に置く。

「ホームステイ先から、さらにホームステイって感じだったよ」彼女は言った。

「まぁ、言い得て妙かも」

「最初はびっくりしたけど、全体的には楽しかった。神弥子《かやこ》さんが、いつも親切に面倒を見てくれたし。三十年前の世界で、わたしは川越《かわごえ》の赤沢薬局ってところで暮らしてたの。あ、神弥子さんっていうのは薬局のオーナーさんね。一番偉い人」

「ん、それはわかるよ」

「で、その神弥子さんの一人娘が聖菜さん。わたしは赤沢聖菜として、向こうで一年間のんびり暮らしてたんだ」

川越って素敵な町なんだよ、と麻百合はうれしそうに言った。

「ただ、聖菜さんは喘息持ちだから、たまに発作が出たときだけは少し困ったけど。最初に入れ替わったときも、げほげほげほげほ激しく咳《せ》きこんでるところだったんだ。おなかに力を入れて、ぐっと気合を入れたら止まったんだけどね」

「さすが麻百合」

「えへ？」

「でもさ、他人の母親と、よくずっとうまくやってこれたね。どう伝えたの？」

「わたしじゃなくて、向こうが先に気づいてくれたんだよ。おろおろしてるわたしを見て、すぐに察してくれた。すごいんだよ、神弥子さんって。いくつか質問をしたら、それだけで『あぁ、ついに。なるほど』って」

麻百合の話によると、聖菜の母親の赤沢神弥子は勘と頭のいい女性だったそうだ。博識で、薬のことだけではなく伝承や奇譚《きたん》の類にもくわしいから、とりかえばや記聞のことも当然知っていた。水鏡の奇跡である入れ替わり現象が、遠縁の自分たちに降りかかる可能性がゼロではないことも——。

「いつかこんなことがあるかもしれない……。娘にはちゃんとそう伝えてあるのよ。だから心配いらない。聖菜なら絶対に大丈夫だって、わたしは信じてる」

赤沢神弥子は自分に言い聞かせるようにそう呟き、麻百合に微笑んだという。

「麻百合ちゃん、あなたはわたしが責任を持って守ってあげる。これも縁だし、一年間仲よくやりましょ。さて、今夜の晩ごはんは何が食べたい？」


海鮮丼、とそのときの麻百合は答えたそうだ。

「正直」と僕は呟く。

そしてその夜は実際に、豪華な海鮮丼が食卓に並んだ。麻百合は赤沢家の一員として思う存分おいしい食事を楽しんだのだという。

僕の場合とはかなり趣が違う、隠し事のない世界。そこで麻百合と神弥子さんは和気藹々と楽しくやってきたらしい。麻百合らしい心あたたまるいきさつだった。

「じゃ、問題ないか……」

今ごろ聖菜は一年ぶりに本当の家に帰って安心しているだろう。早く僕も、と静かに強く思う。

＊

僕が元の時代に帰る日は、すぐにやってきた。

七月三日の夜。零時になる少し前に、僕は自分の部屋のベッドに寝転がる。

「あと十分くらいあるけど……。愁くん、まだ早いんじゃない？」

近くの床に正座してそう尋ねる麻百合に、「これでいいんだ」と僕は答える。

「気分というか、感慨を味わいたいからね。最後だし」

「最後」と麻百合は呟く。

「大丈夫さ」

僕は学習机の上をちらりと一瞥《いちべつ》した。

そこにはナツキ宛ての簡単な手紙を残してある。でも正直、あってないようなものだ。

何せ本物の僕——本来の嵯峨愁は今も生きているのだから。

彼は現在シアトルの子会社に出向しているだけ。その気になれば彼とナツキはいつでも連絡が取れる。訊きたいことがあったら直接尋ねればいい。

ややあって、麻百合がそっと立ちあがる。

「ん。じゃあ、わたし、そろそろ自分の部屋に戻るね」

「あれ？　最後までいてくれるんじゃないの？」

「それはだめだよ」

「どうして？」

「だって本物のナツキくんを驚かせちゃう。呼ばれもしないのに、こんな夜中に部屋にあがりこんでたら、がつがつした女の子だと思われちゃうでしょ？」

「が……がつがつ？」

僕は少し面食らう。

「いやぁ、どうなんだろうね？　そもそも麻百合、今ここにいるじゃん」

「それはあなたの中の人が愁くんだからだよ。……わたし、あれだし。ナツキくんにずっと片思いしてるし……」

「あ」そういうことなのか、と僕はくるっと黒目をまわした。「了解。ごちそうさま」

このことはナツキには秘密にしておかないとな、とひそかに考える。

麻百合はベッドを横切ってドアの近くまで行くと、廊下に出る直前、くるりと僕を振り返った。

「でもね、愁くん」

「ん？」

麻百合は目を細め、あたたかな微笑みを浮かべて言う。

「優しくしてくれて、いつもありがとう。わたし……うれしかった」

その言葉には、心の柔らかい場所に染みこんでくるような実感がこもっていた。

「俺は、べつに……」

「いいの。向こうに行っても、元気でね」そう言って麻百合は部屋から出ていく。

「あぁ、麻百合も元気で」

そしてドアがぱたりと閉まった。部屋に沈黙が充満し、温度がわずかに低下する。

僕はベッドの上で瞼を閉じると、今までの様々なことを思い返した。

ナツキに自殺願望があると勘違いしたことや、オレンジ色の光る雪のこと。クラスの友達のことや、東京ドームシティに遊びに行ったときのこと……。

今となってはどれも懐かしい。過ぎた日々を懐かしむことが青春という言葉の真の意味なのだろうか？　無性に感傷的な気分になる。

でも、その一方で恍惚《こうこつ》としてもいた。

もうすぐ元の時代に帰れる。そうしたら僕は——。

そして時刻が訪れた。七月四日の零時ぴったりに、僕の意識は白い光に包まれた。

9

二〇〇四年の七月四日、日曜日。

僕は三十年前の秩父に戻ってきた。

なぜだかわからないが、気づくと僕は夜の荒川沿いにひとりで寝ていた。時刻は零時を五分ほど過ぎたところで、束の間ながら意識を失っていたらしい。ナツキが夜の散歩でもしている最中に入れ替わり、その弾みで転んで失神したのだろうか？　頭には小さなこぶもできていたし、だから記憶が少し飛んでいるのだろう。

いずれにしても元の体に戻れたのだから、文句は言うまい。

それから僕は懐かしい我が家に帰ると、現状の把握に努めた。前回のようにナツキがノートに日記を書いておいてくれたのだ。それを外が明るくなるまで我を忘れて読んでいるうちに、精神的にいささか疲れたらしく、いつのまにか僕は眠ってしまっていた。

「……くそっ、寝すぎた」

そして今はもう日曜日の午後だ。僕は電車に乗って川越駅へ向かっている。

ナツキが残してくれた日記を読んで様々なことがわかった。

最初の入れ替わりのときは僕を心配させまいとして書かなかったらしいのだが、ナツキは危険な事件に巻きこまれていたのだ。僕はまったく気づかなかった。緑原についても驚愕の事実が発覚した。

「そんなこともあるんだな……」

電車の窓から外を眺めつつ、僕は縁というものの不思議さを噛みしめる。

本当に、いろんな意味で「縁」。なんというか、今はそれしか言えない。ナツキたちが解決した事件を消化するためには、もう少し時間が必要なのだろう。

第一それはナツキの物語なのだ。事件に関わっていない僕が、僕の人生の回想録に書きこむことじゃない。それは彼が彼自身のページに記すべきものだ。

それより今は聖菜のこと——と僕は気を取り直す。

聖菜に住所を教わったときは近いと思ったが、実際に行くと秩父駅からはずいぶん距離が離れていた。小川町《おがわまち》で東武東上線《とうぶとうじょうせん》に乗りかえ、その後さらに電車に揺られる。

川越駅に着いたころには、すっかり夕暮れ。駅前から少し歩くと住宅街があり、赤沢薬局はその中に佇《たたず》んでいた。

「ここか……」

小江戸こと川越らしい外観の店だった。入口の上に黒い瓦のひさしがあり、その上にレトロなフォントで『赤沢薬局』と書かれた看板を掲げている。

僕は深呼吸して扉を開けた。

「あの、こんにちは――」

「あっ！」

扉を開けた途端、店内の椅子に座っていた女の子がこちらを見て、弾かれたように立ちあがる。他に客の姿はない。

「あなたが……嵯峨愁さん？」彼女が尋ねる。

「あ、ああ」僕は二回うなずく。「君だね？　君が本物の」

「はい、赤沢聖菜です！」

「大丈夫？　あれから平気だった？」

「もちろん。愁さんは？」

「俺の方こそ、もちろんさ。だから会いに来たんだ」

わざわざ店内で僕を待ってくれていたらしい。赤沢聖菜はとても繊細そうな外見の少女だった。紺色のシックなワンピースを着て、色素の薄い柔らかそうな髪をふたつ結びにしている。いわゆる編まないタイプのおさげだ。

麻百合が春の桜だとしたら、聖菜は月光の下の白薔薇《しろばら》だろうか。でも間違いなく魅力的だった。何より目の輝きが聖菜だ。いきいきしていて好奇心に満ちている。それは今にも瞳からあふれ出しそうで――。

そう、この目だ。この瑞々しいきらめきに僕は魅了されたのだ。

そのとき、店の奥から誰かが出てくる。四十代くらいの女性で、誰かに似ていた。

彼女は僕を見ると「あー、はいはい。君か」と満足そうに微笑む。

「あなたが嵯峨愁くんね。ふーん……」

「お母さん」と聖菜が言う。

するとこの人が神弥子さんか、と僕は思う。一応、親に会うかもしれないという心の準備はしてきたのだけれど。

「はじめまして、嵯峨愁です！」僕はすばやくお辞儀した。

「こちらこそ、はじめまして。聖菜の母の神弥子です」

彼女もお辞儀して続けた。

「話は聖菜から聞いてるわ。そんなに硬くならないで、愁くん。あなたたちは真剣なおつきあい——つまり結婚を前提に交際してるんでしょう？　いいなぁ、甘酸っぱいなぁ、あのころを思い出すなぁ。聖菜のこと、くれぐれもよろしくお願いね」

「へ？　け、けこ……？」

驚愕した僕の口から蛙《かえる》のような声が出る。

「もう！　からかわないで、お母さん！」

赤面しながら聖菜が母親に抗議した。

「ほらぁ……普段はクールな愁くんの魂が抜けちゃってるし！　埴輪《はにわ》みたいな顔になっ

ってるし！」

　聖菜の母が僕の様子を見て「あらあらまあー」と笑う。

「さあ行きますよ、愁さん！　ここにいると命がいくつあっても足りませんっ」

「あ、あぁ……。命」

「命を大事に！」

　僕は聖菜に腕を引かれて店を出た。そしてその流れで手をつなぎ、夕日に照らされた川越の住宅街を歩く。

　頭をぼうっとさせる七月の暑い空気。暮れゆく光が聖菜の横顔をオレンジ色に染めている。なんだか夢を見ているようだ。

　聖菜の手は男子のそれと違い、とてもなめらかで柔らかい。ようやく会えた好きな人とこうして親密に手をつなぎ、生まれ育った町を歩くことができる——。それはなんて気持ちいいことなんだろう。僕らは今きっと同じ感情を共有している。

「あのさ、聖菜」

「なんですか？」

「好きだよ、聖菜。こうして君とずっと一緒に歩いていたい」

　彼女は一瞬短く息をのみ、ややあって優しく「いいですよ」と言った。

「じゃあわたし、これからも愁さんのことをたっぷり可愛がってあげますね」

僕は思わず微笑んだ。

「いやぁ……どっちかっていうとそれ、俺の台詞だし」

「いいじゃないですか。お互いがお互いを可愛がりましょうよ」

「そうだね……」

こうして僕らは正式な恋人同士になったのだ。


夏が終わり、秋、冬、春と滞りなく季節は過ぎていく。

僕と彼女は相性がよく、その後も幸せな日々が続いた。中学を卒業して高校生になっても何ら変わらない。むしろ僕らはさらに親密になっていく。

理想の恋人を体現する関係。

この楽園みたいな時間は永遠に続くのだろう――。

あのころの僕らは固くそう信じていた。無条件に、何の留保もなく。

長い月日が過ぎて大人になった今振り返れば、そんなふうに世界を全面的に信じられることが、幸せの本当の意味だったのかもしれない。

第三章　大学生時代

1

窓から見える空は、雲ひとつない明るい水色。

こんな天気のいい日曜日にひとりで部屋にいると、どうしても思い出してしまう。彼女のことを――。

二〇〇九年の五月。僕は高校を卒業して大学一年生になっていた。先月、東京でひとり暮らしを始めたばかりだ。

今住んでいるのは文京区《ぶんきょうく》にあるアパートの二階の部屋。キャンパスが後楽園にあるから利便性が高い。でも室内はがらんとしていて、壁際にはまだ段ボールが積まれたままだ。生活に必要なものが揃《そろ》っていないし、揃える気力が湧かない。

僕は今日もフローリングの床に力なく寝て、窓の外を眺めている。

「人生って……虚《むな》しいな」

そう感じるのも当然だ。

聖菜と別れたからだった。

もちろん望んだわけじゃない。別れたいなんて僕は一度も思ったことはなかった。正直、今でも心残りで前に進めない。

そう、こんな晴れた休日に瞼を閉じると否応なく頭に浮かぶ。あの素晴らしい、今は失われてしまった幸福な思い出たち。本当にあのころに帰りたい。

高校時代に戻れたらなぁ……。

痛切にそう思う。過去ってなんだろう？　人生の意味って結局はなんなのだろう？

*

中学二年の夏から、僕は聖菜とつきあい始めた。

彼女の地元の川越を何度も案内してもらったものだ。今でもよく覚えている。

赤沢薬局からしばらく歩くと、小江戸の情景として有名な一番街がある。むらさきいものソフトクリームを舐《な》めながら、よくその通りをふたりで歩いた。

「いつ見ても風情があるね。蔵造り」僕は言う。

「まさに小江戸ーって感じですよね。でもネットの写真で見るのとは、けっこう違うでしょう？」

聖菜の視線の先には、日差しを浴びた鬼瓦の屋根と黒漆喰《くろしっくい》の壁。風にはためく暖簾《のれん》などがあった。昔ながらの商家が連なる風景は、さながらＴＶの時代劇のようだ。

「やっぱり現地に来て実際に見てみないと。この町の空気感は独特ですからね」

「同感だよ」僕はうなずく。

「観光地」と彼女は言った。「写真は、それっぽいところだけをうまく切り取ってるものが多いんです。実際には普通の建物も多くて、新旧が入り混じってるんですよ。そういうのが暮らしに根づいた本物のリアリティなんじゃないかと。昔から受け継がれてきたものと変わっていくもの。文化財的な伝統と、現代の生活が自然に入り混じってるところが、この町の本当に面白い部分だと思うんです」

「かもしれない」

聖菜はこの町が本当に好きなんだな、と僕はあたたかな気分で思った。

「俺も好きだよ。君の地元」

「わたしより？」

「……どうだろう」

まったく。またからかわれていると思いつつも、僕は赤くなって答える。

「わかってるくせに」

「あはっ。……ありがとうございます」

花のつぼみのように両手を合わせて、彼女も赤面したものだった。

高校時代、僕が初めて家に泊まった日のことを聖菜は覚えているだろうか。僕は今でも思い出せる。

それは日差しがとりわけ美しい春の日だった。二〇〇六年のことだ。

当時の僕は高校一年生。有線放送では修二《しゅうじ》と彰《あきら》の「青春アミーゴ」やレミオロメンの「粉雪」などがよく流れていた。四月下旬の週末、聖菜の母親の神弥子さんが泊まりに来ないかと誘ってくれたのだ。

なんでもその日は旦那さんが出張だという。家には神弥子さんと聖菜しかいない。だから気楽に遊びに来られるんじゃないかという話だった。

たしかに秩父から川越までは遠く、往復で四時間ほどかかる。だったら土日に泊まりがけで行く方が、どう考えてもいい。神弥子さんの中では僕らは公認の仲らしいから、誘いに乗ることにした。

その土曜日、僕は朝早くに起きた。そして進学校特有の嫌がらせのように大量に出た宿題を必死に片づけて、午後から川越の赤沢薬局へ向かう。

結局、着いたのは午後遅くだった。敷地内の住居に顔を出すと、聖菜が出迎える。

「いらっしゃい、愁さん。意外と遅かったんですね」

「ごめん。想定外の難しい問題が……。おわびにケーキを買ってきたから」

「わぁ、甘いものでご機嫌とりですかぁ？　そういう安直な発想、わたし好きです」

「迷ったけど、安直にベイクドチーズケーキにしたよ」

「安直に大好きっ」

聖菜は両手をふわっと合わせて微笑む。とても可愛い。

そして僕は赤沢家にお邪魔した。リビングのテーブルでケーキとアップルティーを味わいながら彼女とお喋りする。

談笑していると、たちまち夜になった。仕事が終わった神弥子さんが帰ってくる。

「お待たせー。仲よくやってるみたいね、ふたりとも」

「こんばんは。お邪魔してます」僕は会釈した。

「まあまあ楽にしてなさいよ、お客さんなんだから。すぐ夕食にするね。今夜はステーキよ。下ごしらえはしてあるから、あとは焼くだけで超簡単。柔らかいお肉に大根と玉ねぎをすりおろしたソースをかけて、付け合わせに野菜サラダをたっぷり。あとはにんじんのグラッセと、絹さやとベーコンとエリンギの炒《いた》め物《もの》と……」

話を聞いていたら空腹になってきた。

「手伝います」僕は立ちあがる。

「わたしも」聖菜が言った。

「あら、珍しい」神弥子さんはにっこり笑う。

それから僕らは三人で夕食の支度をした。

三十分もしないうちに料理は完成し、僕らはできたての夕食をいただく。それは驚くほどおいしいステーキだった。何の肉なんだろう？　もちろん牛に決まっている。

「すごい。滅茶苦茶《めちゃくちゃ》うまいです」と僕は言った。シンプルな語彙。

「じつは聖菜のリクエストなの」神弥子さんが目をにこっと細める。

「へえ、そうなんですか？」

「たぶんおいしい食事で、胃袋をキャッチしようっていう策略じゃないのかな？」

「策略って……」聖菜が赤くなった。「ひ、人聞きの悪い！　わたしはただ、わざわざ遠いところを来てくれる愁さんに、栄養のあるものをと」

「はいはいはい」

神弥子さんが笑顔で僕の方を見た。

「わかった、愁くん？　聖菜って、こんなに心優しい性格なの」

「お母さん……」聖菜が半眼で呟く。

「優しい母娘」と僕は言う。

実際、このふたりを見ていると飽きない。本当に面白い人たちだ——なんて思っている僕を案外、母娘で見透かして、遊んでいるのだろうか？

だとしても悪くはない。このふたりが相手なら。

その後は熱いお茶を飲みながら、とりとめもなく夜更けまで話した。やがて誰かが軽くあくびをして、それが皆に伝染する。

「そろそろ寝た方がよさそうね」神弥子さんが言った。

聖菜たちは今日は二階で休むらしく、リビングの隣の和室が僕の寝室ということだ。布団が用意されていたので、ひとりで横になる。

ルームライトを消してまもなく、携帯電話にメールが届いた。

この時代はスマートフォンではなく、まだ普通の携帯電話が主流だった。連絡手段はSNSではなくメール。開封すると聖菜の短いメッセージが書かれている。

「『今日は楽しかったですね。おやすみなさい！』……か」

口もとが意図せずほころんだ。

僕は「こっちも楽しかったよ。おやすみ」と返信して、ゆっくり息を吐く。

なんだろう。すごく幸せな気分だ。今夜はいい夢が見られる気がする。

僕はそれから深い眠りに落ち、残念ながら朝まで何の夢も見なかった。

　翌日、僕と聖菜は家で軽い朝食をとって家を出た。

　僕の格好は黒のパンツに、飾り気のないインナーとぱりっとしたブルゾン。聖菜は朝食のあとで外出用の服に着替えた。今は柔らかそうな白いニットに、プリーツが繊細な緑色のフレアスカート姿だ。

「いいね、それ」

　見とれて僕はつい本音を漏らす。「すごく似合ってる。半端じゃなく可愛い」

「……へへー」

　彼女は目をうれしそうに細め、ふたつ結びの髪をくるくると指でもてあそんだ。

「じつは気まぐれに新しい服を買っちゃいまして、今日が初おひろめなんです。眼福でしょう？　愁さん、よかったですねぇ」

「何が？」

　そんな言葉を返しつつも、僕の胸は感激で淡い熱を帯びていた。

「まぁ、正直うれしいけど。かなりうれしいけど」

「ふふっ」

　彼女はうれしそうにその場でくるりと回る。

「さて、今日はこれからどこに行きましょうか？　時間もたっぷりありますし、どんな場所にでも案内しますけど」

「ありがたいね。うーん……そうだなぁ」

赤沢薬局の近くには喜多院《きたいん》と仙波東照宮《せんばとうしょうぐう》がある。有名な観光スポットで、今の時期は桜がとてもきれいだ。でも近所だから、もう何度も行っている。

「そういえば、三芳野神社《みよしのじんじゃ》ってまだ行ってないな」

「あれ？　そうでしたっけ？　通りゃんせの？」

「ないよ。ていうか何？　あの歌と関係があるわけ？」

僕の言葉が聖菜の耳には入らなかったらしく、彼女はまた同じことを尋ねる。

「あんなに有名な三芳野神社に、まだ連れていったことありませんでしたっけ？」

「ない」と僕は言った。

「ない……」

「うん。もっとマイナーな古墳とかには案内してもらったけどさ」

じつは川越の町の中には様々な古墳がある。とはいえ、単なる土の盛りあがりや草だらけの斜面にしか見えないものも多く、地元の人でも知らない人は知らないらしい。だからこそ聖菜は得意顔で連れていってくれたのだけれど、肝心な場所が抜けていたようだ。

「やぁやぁ、それは失礼しました。では今日は温故知新ということで、有名どころを見てまわりましょう！」

「うれしいね」

　青空の下、僕らは歴史の教科書に載っていそうな建物が並ぶ大正浪漫夢通《たいしょうろまんゆめどお》りを進み、そのまま北に行って鐘《かね》つき通《どお》りに出た。

　石畳の道を少し歩くと、高い鐘楼が見えてくる。川越のランドマークの、時《とき》の鐘《かね》だ。

「愁さん、おなか空いてません？」ふいに聖菜が言う。

「ん、べつに」

「愁さん、おなか空いてません？」

「空いてない」僕は首を振った。「だって、さっき朝ごはん食べたばかりじゃない」

「愁さん、おなか空いてません？」

　三度も言われて僕が顔を向けると、聖菜は力の入った笑みを浮かべている。

「はいはい……わかった、わかったよ。食べよう、いも恋《こい》」

「やったー。愁さん、痩せてるのに太っ腹！」

「え？　俺のおごりなの？」

　僕は時の鐘のそばにある和菓子屋で、つぶ餡《あん》とさつまいもの輪切りが入った饅頭《まんじゅう》をふたつ買った。いも恋という和菓子だ。しっとりした餡の甘さと、さつまいもの食感が合っていて人気がある。蒸《ふ》かされていて熱いそれを、僕はひとつ彼女に手渡した。

「ま、ガイドしてくれるお礼に」

「ありがとうございます」

彼女はふわっと目を細めた。

「じゃ、少し遠回りになりますけど、もうひとつ面白いところに案内しますね」

「胸が高鳴るぅ」

饅頭をもむもむ食べながら僕らは歩く。

彼女が案内してくれたのは、そこから程近い細い道だった。

懐かしい雰囲気の菓子屋が通りの両脇に並んでいる。いもけんぴ、麩菓子《ふがし》、せんべい、手作りの飴《あめ》など、店の品揃《しなぞろ》えはレトロでカラフルだ。駄菓子屋もある。

「面白い場所だね。なんだか意味もなくわくわくしてくる」僕は言った。

「こういうの、SNSに写真をアップしたら反応よさそう……って、この時代にはまだないんでしたね。まぁ、その方が精神衛生にはいいのかも。ここは菓子屋横丁《かしやよこちょう》っていうんです」

「ふうん。いいねぇ」

「いいねをつけてもらった！」

彼女は楽しそうに笑い、ふたつ結びの髪を背中に流した。そして、ふと建物の一角に目をとめる。

「あっ、愁さん愁さん。あそこの焼きいも、おいしそうじゃないですか？」

「……異論は？」

「認めます！」

「うん」

「でも、同意見であってほしいなぁ」

「うん。気持ちはわかるよ」

華奢な体つきの聖菜だが、意外なくらいよく食べる。たぶん胃が四つあるのだ。

僕は焼きいも屋で大きなものをふたつ買う。赤紫色の皮が少し焦げていて中は黄金色だ。新聞紙で巻いてあるそれを頬張りながら、ふたりで高澤通《たかざわどお》りを東に歩く。

「どう？　おいしい？」僕は尋ねる。

「ふっくら、ほこほこ、きゅーっ！　それくらいおいしい」彼女は笑顔で言った。

「はは。好きだな、その表現」

「愁さんは？」

「もちろん俺も、ふっくら、ほこほこ、きゅー！」

「……頭、大丈夫ですか？」聖菜は眉をひそめた。

「君ねぇ！」

食べ終わってしばらくすると城跡に着いた。

「到着。ここですね」彼女が前髪をかきあげる。

「ん。お城？」

「川越城です。お目当ての三芳野神社は、ここの敷地内にあるんですよ。だから、通りゃんせの発祥の地なんです。まぁ発祥に関しては他にも説があるにはあるんですけど」

「さっきも言ってたけど、どういう意味なのそれ？　通りゃんせの発祥ってやつ」

「あれあれ？　聞いたことないんですか、通りゃんせ。天神様のところに細道をたどってお参りに行くみたいな歌なんですけど」

「や、そりゃ歌は知ってるさ。行きはよいよい、帰りは怖いだろ？　でもこの場所とどんな関係があるわけ？」

「変だなぁ。察しのいい愁さんなら、城を見た時点でわかると思ったんですけど」

「はいはいすみませんね、聖菜と違って鈍くて……って、あぁ。もしかしてそういうこと？　城の警備みたいな」

「さすが愁さん、正解です！」

　彼女は笑顔で片手をひろげた。

「三芳野神社はずっと昔からここにあって、人々の信仰を集めていたそうなんです。ただ、室町時代に川越城が作られたことで、城の敷地内に位置するようになりました。いわゆるお城の天神様になったので一般人は参拝できません。でも根強い人気がありましたから、条件つきで許可されたんです。密偵……つまりスパイが城の情報を盗み出さないように、帰りの参拝客は厳しく調べられるという決まりのもとに……ですね。だから行きはよいよい、帰りは怖いなんですよ」

「なるほどね」

「行きはよいよい、帰りは怖い」彼女は歌うように言った。「なんだかあれを思い出しません？　水鏡の入れ替わり現象」

「どうして？　唐突だね」

「だって愁さん、元に戻るとき怖くなかったですか？　何せ一年も経ってるんですよ？もしも自分の体が変なことになってたら……。モヒカン刈りで、虫歯だらけで、ゴリラみたいなスタイルになってたらどうしよう！　なーんて思いませんでした？」

「いやぁ、それはさすがに」

僕は苦笑いする。ナツキは未来の息子だから全面的に信頼していたのだ。

「本音を言うと、俺はもう、とにかく早く帰りたかったな。とくに聖菜が元の時代に戻ってからは」

「……そうですか」

彼女は少し照れたように口もとをほころばせる。

「だったらよかったですね、愁さん。この時代で、またわたしに会えて」

「……かもね」

僕は軽く肩をすぼめて、今の幸せを嚙みしめる。

それから僕らは川越城の本丸御殿を見学したあと、春の青空の下を歩いた。本当に気持ちのいい晴天だ。三芳野神社に着くと賽銭《さいせん》を入れて、ふたりで手を合わせる。

天神様だから学問の神様——つまりは菅原道真《すがわらのみちざね》だ。成績がアップするといい。

でもまあ神頼みをする前に、普通に勉強するのが筋だろう。そうでないと天神様にむしろ叱られそうだ。


参拝のあとは城を出て、市役所のそばのハンバーガーショップで遅めの昼食をとることにした。彼女のおすすめの店だから同じものを注文する。

とろけるチーズを載せたジューシーな炭火焼きの肉と、輪切りのトマトと、みじん切りのピクルス。それらの具を柔らかいバンズで挟んである。

「ん！」かぶりついて僕は驚く。

「どうです？　愁さんがいつも食べてるハンバーガーとは一味違うでしょう？」

「うまい」

僕は本気で言った。「さすが聖菜。地元民だけあって、いい店知ってるなぁ」

「ふふっ。そこはほら。わたしは地元民である以上にワイルドな女ですから。たまにはこういうのに思いきりかぶりついて、野生的な自分を再確認するんです」

「野生的」

「ここだけの話、わたしって前世が虎とかピューマとかだと思うんですよ。いわゆる猫科の猛獣？　女豹《めひょう》ってやつです。お上品にひなたぼっこしてる猫ちゃんとは、わけが違うんですよ。愁さんはどう思いますか？」

「え……？」

突飛な話に僕は少し呆気に取られていた。「何が？」

「わたしって動物に喩《たと》えるとなんですか？」

「ひなたぼっこしてる猫？」

「なんで！」聖菜は目を見開く。

「今、自分でそう言ってなかった？」

「言ってませんよー。もうっ」

すねたように頬をふくらませる彼女は、悪いけれど、とても可愛らしかった。

少し休んだあと店を出て、北の通りに向かった。

縁結びで有名な川越氷川神社《かわごえひかわじんじゃ》に参拝し、それから東明寺《とうみょうじ》にも立ちよる。神社と寺には事欠かないのが川越という町だ。神様と仏様は喧嘩しないのだろうか。

ふと気がつくと、聖菜が境内の少し離れた場所で携帯電話を見ている。

「メール？　どうかした？」

「いえ、べつに」彼女はすばやく携帯電話をしまう。「それより愁さん、そろそろ家に戻りません？」

「え？　もう」

日暮れまでにはまだ時間が――と思ったが、どうなのだろう。聖菜は疲れたのかもしれない。思えば、すでにかなりの距離を歩いている。朝から遊んだのは今日が初めてだし、彼女はもともと体が丈夫な方ではないのだ。無理をさせてはいけないと思う。

「だって」ふいに彼女は唇をすぼめた。「愁さん、家まで二時間かかるんですもん。四時には電車に乗ってないと、ご両親に心配されちゃいますよ？」

「あ、たしかに」

言われてみればそのとおりだ。聖菜は自由なようで、じつは気配り上手。無理をさせてはいけないと、逆に僕の方が心配されていた。

「じゃあ今日はここまでだね。残念だけど」

「いえいえ、愁さん。楽しみを先延ばしにできるのは、残念じゃなくて幸せなことです。にんじんを鼻先にぶらさげられた馬と同じですね。なかなか餌を食べられないからこそ馬はいつまでも全力で走り続けるわけです」

「何それ。俺、馬……？」僕は苦笑した。

「道産子《どさんこ》」

「俺、埼玉県出身なんだけど！」

「冗談ですよ。愁さんはサラブレッドに決まってます」

「んー。うれしいような、そもそも馬じゃない方がいいような」

会話を楽しみながら僕らは赤沢薬局まで戻る。

日曜日は休みだから店は閉まっていた。敷地内の住居に入ると、神弥子さんは出かけていて不在。きっと夕食の買い出しにでも行ったのだろう。

僕はリビングの横の和室に行くと、バッグに自分の荷物をつめた。支度を終えてリビングに顔を出すと、彼女の姿がない。

「あれ？　聖菜……？」

キッチンにもいなかった。しばらく待っても来ないので、二階に行ってみる。

「ねえ、聖菜ぁ」

廊下を歩いていると声がした。

「こっちです、愁さん」

聖菜というネームプレートがついたドアがあったから、ノックして開けた。部屋の中では彼女が椅子に座り、涼しげにあごの先をつまんでいる。

「へえ……。ここが聖菜の部屋か」

「乙女の禁断の花園です」

彼女が少しだけ硬い微笑みを浮かべる。「愁さんが帰る前に見せておきたくて。昨日はお母さんもいましたし、チャンスがなかったから」

「そっか。いい部屋だね。繊細というか、聖菜のイメージに合ってるよ」

「そうですか。よかった」

聖菜の笑顔が柔らかくなった。さっき彼女に届いた携帯のメールは母親が出かける旨の知らせだったのかもしれない。頭の片隅でなぜかそう思う。

アイボリーホワイトの壁と薄い青緑色のカーテン。ベッドのフレームは細やかな曲線を描いている。麻百合の部屋とは、かなり趣が違っていた。決定的に違うのは本や人形を並べた棚がいくつも置いてあることだ。タワー型のパソコンもある。多肉植物というのか、とげのない奇妙なサボテンの鉢も飾られていた。

独特のセンスが漂う趣味的な印象の部屋。何かの創作活動でもしていそうだ。

ふいに彼女が椅子から立ちあがって静かに言う。

「愁さん……。わたしって、変わってますか？」

「え？」

質問の意図が摑めず、僕が黙っていると聖菜が一歩こちらに近づく。

「今はそうでもないんですけど、わたし、子供のころは本当に体が弱くて。小学生時代は自分でも嫌になるくらい学校を休んでばかりいました。そのせいで、友達がほとんどできなかったんです」

「聖菜？」

「打ち明け話」彼女は恥ずかしそうに長い睫毛を伏せた。「この際だから聞いてほしくて。わたし自身、喋りたいんです。……いいですか？」

「もちろんだよ。話してくれる？」

彼女はこくんとうなずいて口を開く。

「中学生になるころには体はそこそこ丈夫になりました。でも友達の作り方は相変わらず微妙にわからないままで……。あ、もちろん普通に話す相手はいますよ。いわゆる世間話的な関係といいますか、文字どおり、ただのクラスメートですね。でも、表面的じゃない深い話ができる親友って、いまだにみつけられないんです」

「俺は？　男じゃだめなの？」

「だめですよ！」

彼女はかぶりを振る。「いえ、性別は関係ないです。ただ……愁さんは、もっと特別なくくりなので。わたしの中では」

「……ん」僕は頬が熱くなった。

「でも同性の友人からじゃないと聞けないことって、じつは多いと思うんですよね。経験談みたいな。今は知らないけど、いつか知るべきことの手順を教えてもらったり」

「え、例えば？」

「それは――」

彼女は何か迷うように間を置くと、フレアスカートの端を握る。

「そういうことの方法とか……わからなくて」

彼女は潤んだように光る目を僕に向けた。そして静かに息を吸うと瞼を閉じる。

僕はその様子を無言で見つめていた。でも心臓は激しく拍動している。

わからないだって？　くそっ、それは僕の方じゃないか。緊張と混乱の中で、僕は大切な何かをどこへどう運ぶべきなのかわからない。

でも確実なことがある。僕は彼女に対する気持ちを表現したいし、しなければならない。彼女の感情に、僕自身のそれを重ね合わせたかった。

気づくと体が自然に動いている。

彼女の腕にそっと触れ、僕は優しく口づけした。

しっとりした唇で彼女は僕を包んでくれた。

気持ちがいい、本当に。脳裏に柔らかい光がひろがるような初めての感覚。あたたかさで胸が満たされる。

聖菜はすごい――。僕は恍惚として思う。好きな相手が、僕のことを同じように好きになってくれる幸福。愛おしい。それは本当に素晴らしいことなのだ。客観的に考えれば、これは皆が通りすぎる道なのかもしれない。大きな目で見れば、ありふれた行為なのかもしれない。

でも今の僕には心から特別なものに感じられた。この気持ちを一生忘れたくない。スカートの端を握っていた彼女の手は、いつのまにか僕の肩に触れている。しばらく僕らは、そのまま唇に深く気持ちを集中させていた。

やがて唇を離すと自然と言葉がこぼれる。

「……好きだよ、聖菜」

「わたしも」

大好き、と彼女もささやいた。

それからしばらくして僕は赤沢家を辞去した。聖菜は駅まで見送りに来てくれた。

「えっと」僕はわずかに言葉に迷う。「……それじゃ」

「うん……。また」

別れの挨拶はふたりとも言葉少なだった。

でも帰りの電車の中で、僕はずっと幸せな優しい気持ちでいっぱいだった。あのときの満ち足りた心境を僕は今でもよく覚えている。忘れられない。

――それが僕の高校一年生の春の話だ。

その日を境に、僕と彼女の仲は、より深まっていった。

通っていた高校こそ違うが、僕らは毎週のように会った。僕が聖菜の家に行ったり、聖菜が僕の地元に来たり、ふたりで東京に遊びに行ったりした。

やがてお互いの将来についても話すようになった。

聖菜は将来、小説家になりたいらしい。それを聞いたとき僕は率直に驚き、聖菜らしい高潔な野望だと感じた。手始めに、彼女はまず文学や小説について学べる某難関大学に進みたいのだという。

「愁さんはどう思います？　やっぱり非現実的でしょうか」

「いいんじゃない？　聖菜なら現実にできる気がする。少なくとも俺は君の書く話を読みたいよ」

「あは。……ありがとうございます」

彼女はくすぐったそうに目を細めた。「まぁ、自分でもそんなに簡単にはいかないって、頭ではわかってるんですけどね」

「そうかな？　そう思うの？」

「はい。でも、背中を押してもらえて勇気が出ました！」

ふふっと彼女はうれしそうに微笑む。

「俺も協力するから大丈夫だよ」と僕は言う。実際にそのつもりだった。

僕の方は堅実に、理工系の大学に進む予定だった。将来、彼女が小説家になれたとしても、それだけで暮らしていくのは大変かもしれない。でもふたりで支え合えば、なんとかなる。そんな考えはいかにも気が早くて青いけれど、今思えば尊くて輝かしい。

そんなふうに親密で手探りな日々を僕らは重ねたのだ。


思いがけないことが起きたのは、僕らが高校三年生になる直前の春だった。

二〇〇八年。あれは三月の小糠雨《こぬかあめ》が降る日曜日のことだ。

その日、僕はいつものように聖菜の家に遊びに行っていた。そして彼女の部屋であたたかい紅茶を飲みながら雑談に花を咲かせていた。

ところが、ふいに空気が奇妙な緊張を帯びる。僕は思わず眉をひそめた。

「聖菜？　どうかした？」

「……聞こえた」聖菜は伏し目がちに低く呟く。

そして顔を上げると早口でまくしたてた。

「すみません、愁さん！　頭の中にまたあの声が。わたし、ここを離れます！」

「何だよ突然？　え、まさか」

「はい。あとのこと、よろしくお願い──」

最後まで言い終わらないうちに聖菜は目を閉じ、前のめりにこちらに倒れてくる。

僕は慌てて彼女を受け止めた。僕の腕の中で聖菜はぐったりと脱力していた。

いや、それはたぶん、もう聖菜ではないのだろう。冗談じゃない！　ひたすらそう思うが、起こってしまった出来事は取り消せない。

「あのさ。ねえ、起きてくれない？　今は寝てる場合じゃないよ」

「ん……」

瞼を開けると、彼女ははっと僕の顔を見た。そして少し警戒した声で尋ねる。

「……あなたは？」

「俺は嵯峨愁」

「わ、あなたが本物の愁くんなんだ！」

たちまち屈託のない笑顔の花が咲く。「そっかぁ……。そんな顔してたんだね。ひさしぶり愁くん！　また会えてうれしいよ」

オーケー。その反応で誰なのか完璧にわかった。

「ひさしぶりだね、麻百合」と僕は言う。

そう、あの入れ替わり現象がまた起きたのだ。

話してみると、聖菜の中にいるのは、例によってぴったり三十年後の世界から来た雪見麻百合だとわかった。麻百合も僕らと同じ学年の高校生だそうだ。

もちろん麻百合は僕らの事情を知っていた。麻百合の最初の入れ替わりが解けたタイミングで僕が教えたからだ。嵯峨ナツキと嵯峨愁が入れ替わっていたことを。

でも、そのときの僕はナツキの体で説明を行った。だから麻百合が本物の愁の姿を見るのは、じつは今が初めてなのだ。

僕が聖菜と現在交際していることを説明すると、麻百合は驚いた。でも「なんか、わかる気がする。お似合いかも」と比較的すんなり受け入れてくれた。

そして改めて笑顔で祝福してくれる。

「おめでとう、愁くん！　可愛い彼女ができてよかったね」

「え？　うん……。まぁそれって、君なんだけどね」

普段の聖菜と見た目が同じなので、僕は混乱する。「いや、違う！　君だけど、君じゃない。ごめん。とにかくありがとう」

「どういたしまして」聖菜の姿の麻百合はくすぐったそうに笑った。

「ところで何があったわけ？　突然入れ替わるから、びっくりしたんだけど」

「うん。じつは足をつったの」

「はい？」僕はきょとんとする。「それだけ？」

「ちょうど近所のプールで泳いでるとき」

「あぁ……。溺れたわけね」

「ごめんなさい。そんなにひどい痛みじゃなかったんだけど、ついパニックになっちゃって、呼吸が……」

「謝ることじゃないさ。ともかく無事でよかったよ、ほんと。命があって何より」

僕は麻百合に優しくそう言いながら、思考を巡らせる。

彼女が溺れたのはナツキの家の近所のプール。もちろん僕も行ったことがある。あそこで足をつったのなら、すぐにスタッフが救助に来るはずだ。

麻百合は基本的に運動が苦手だが、聖菜は違う。体は病弱でも運動神経はいい。事実、麻百合の体に入っていたときは僕と同じくらい巧みに泳げた。

だから今回も大丈夫だろう。足をつった麻百合と入れ替わっても無事のはず。そもそも命を助けるために水鏡の奇跡の力は働くのだろうから。

「……大丈夫だ」

僕が小声で自分に言い聞かせていると、麻百合は何か勘違いしたらしく、「たぶん、絶対大丈夫！　わたし、前もちゃんとうまくやれたもん」と拳を握った。

「たぶんなのか絶対なのか……どっちなんだ？」僕は呟く。

「短いあいだだけど、一年間よろしくね、愁くん」

「無視かよ！」

「でも懐かしいなぁ、この部屋。前にわたしが買った熊童子《くまどうじ》も元気そうだし」

「はい……？　熊童子って？」

「ほら。あそこにある、ぷにぷにした多肉植物。熊の手みたいで可愛いでしょ？」

「あぁ、そういうことだったのね」

サボテンに似た植物が入った鉢を僕は一瞥する。聖菜の趣味とは合わないような気もしたが、なんのことはない。麻百合が買ったものだったのだ。

「それに、聖菜さんの部屋って、すごくいい匂いするんだよ。ベッドとか服とか」

「それは……否定しないけど」

「やっぱり本人から出てるのかなぁ？」

彼女は自分の二の腕を鼻の辺りに持っていく。

「よせ、勝手に嗅ぐな！　プライバシーの侵害反対！」

「やだもぉ。冗談だよう」

「冗談禁止！」

たわいもない口論をしていると、部屋の外から声がする。

「何？　どうしたの、なんだか騒いでるみたいだけど」

軽いノックのあとにドアが開き、聖菜の母の神弥子さんが姿を見せた。

「あ、神弥子さん。ご無沙汰してますっ」彼女が礼儀正しくお辞儀をする。

「え」

その瞬間、神弥子さんは言葉を失い、トーテムポールになったように立ち尽くす。

すごい、と僕は思った。この人は一瞬で事態を把握したのだ。とはいえ、頭では理解できても、やはり固まってしまうものなんだろう。

「……そっか」

長い沈黙のあと、神弥子さんは溜息をつく。「麻百合ちゃん。少しくらい心の準備をさせてくれてもいいのに……」

「ですよね……。ごめんなさい」

「あ、ううん。いいの。麻百合ちゃんは悪くないよ。それより今日から一年一緒ね。こうなったからには、また仲よく楽しんで暮らしましょう」

「はい！」

そして神弥子さんと、見た目が聖菜の麻百合は、軽くハグして旧交をあたためる。

和気藹々とした光景だ。お互いに慣れた様子だし、僕が心配することは何もないのだろう。実際に神弥子さんには一年間、麻百合とうまくやった実績がある。すべてまかせておけばいいのだ。

「……待てよ？」

ふと僕は重大なことに気づく。

「あのさ、麻百合！　君、今の成績はどれくらい？　志望大学はっ？」

「急にどうしたの？」彼女は目をしばたたく。

「大事なことなんだ！」

「えっと……」

彼女は親切にそれを教えてくれた。

すると神弥子さんが青ざめる。なんてことだろう、と僕も唇を噛んだ。

僕は人の成績をどうこう言う趣味はない。勉強より大切なことは世の中にいくらでもある。でも今回だけは――。

聖菜と麻百合が入れ替わっているこの一年のあいだには、大学受験があった。

このままだと聖菜の夢が壊れてしまう。志望大学の文学部で学び、小説家になりたいという彼女の目標が。

今のところ聖菜と麻百合の成績の差は、かなり開いていた。

その日から僕も一枚嚙んで、麻百合（体は聖菜）の猛勉強が始まった。

同じ埼玉県民とはいえ、秩父市に家がある僕と川越市に住む彼女が会えるのは、ほぼ週末に限られる。平日は携帯電話やメールでこまめに連絡を取った。

SNSを使えれば便利なのだが、当時の日本ではまだスマートフォンが広く普及してはいなかったし、手間暇をかけるしかなかったのだ。

僕は大量の問題と解答を入手して、赤沢家のパソコンにメールで送った。

「うー、頭がぁ……。愁くん、今わたし、たぶん脳に糖分が足りてないよう。外に甘いものでも食べに行って休憩しないと」

「糖分」

僕は電話越しに何度も彼女を励ましたものだった。「大丈夫。ブドウ糖は炭水化物からも作られるんだ。ごはんをいっぱい食べて！」

「そうなの？」

「パンでも可」

「わ、わかった！　食べてくる！」

じつのところ、麻百合は最初このプランに乗り気じゃなかった。

でも聖菜の夢が小説家で、どうしてもその大学の文学部で学びたいと思っていることを僕が説明すると、奮起してくれた。麻百合は本当に優しい女の子なのだ。そして今はこうして猛勉強につきあい、平日は予備校にも通ってくれている。彼女の善意と思いやりには素直に感謝するしかない。

努力が実を結び、彼女の成績は徐々に伸びていった。模試でも結果を出せるようになり、ついに志望大学のB判定まで漕《こ》ぎつける。この調子なら——と僕は拳を握った。

*

「でも、その結果が……」

僕は溜息をついた。

二〇〇九年の五月。長い思い出に浸っていた大学一年生の僕は、現実に返る。

冷たい床の上で寝返りを打つと、目に映るのは殺風景な空間。まだ家具はほとんどなく、壁際には引っ越しの段ボールが積まれたままだ。

文京区にあるアパートの二階の部屋は、今日も寒々しかった。

本当に、大学受験のときまでは順調だったのに——。

まさか麻百合が体調を崩し、残念な結末に終わるとは思わなかった。

なんでも試験の朝、麻百合は気合を入れるために栄養ドリンクを三本飲んだらしい。それが体に合わなかった。試験中に麻百合は何度もトイレに行ったが、腹痛は治まらない。痛みで頭が働かず、時間も足りなくなり、そのまま試験が終わったのだという。

合格発表の日、不合格を知った彼女は顔面蒼白《がんめんそうはく》で震えていたものだった。

「ごめんなさい……。予想はしてたけど、奇跡は起こらなかった。わたし、聖菜さんにどんなお詫《わ》びをすればいいか……」

「仕方ないよ」

僕も青い顔で呟く。「おなかが痛かったんだろ。なら仕方ない」

「今はもっと痛くなりたいよ。わたし、もう死んじゃいたい！」

目に涙を溜《た》めてそう言う彼女を、僕は唇を噛んでなぐさめる。

「だめだよ、それは。だって今の君は聖菜でもあるんだから」

「……だよね」

「でもさ。ありがとう……がんばってくれて。君はいい子だよ。試験の結果とは関係なく、本当に感謝する」

「愁くん」

「麻百合の優しさは、ほかのことを補って余りある美点だよ。いつまでも、ずっとなくさないでいてほしいな」

するとと彼女は突然、口の両端をぐっと下げる。しばらく顔をしかめていたが、やがて堰《せき》を切ったように大声で泣き出した。

「うあぁあぁっ……」

「麻百合っ？」

「あぁあぁあっ……愁くんっ！」

泣きながら胸に飛びこんできた彼女を、僕はそっと受け止めた。

いろんなことがある。真剣に打ちこんできたことが冗談みたいな失敗に終わるときも。自分の恋人の長年の夢を壊した人を慰めなければならないときも――。

実際、そういったことは誰の身にも起こり得ることなのだ。

結果的に中身が麻百合の聖菜は、すべり止めで受けた普通の大学に通うことになる。

僕は本当に胸がふさがる思いだった。

あんなに希望していた進路なのに、聖菜が戻ってきたらどう言えばいいんだろう？

そして三月、入れ替わりが解けて聖菜が元の体に戻ってきたその日。彼女は僕の話をずっと無言で聞いていた。長く重苦しい灰色の時間が流れた。

やがて聖菜は「ひどい」と呟く。

「そんなのってないですよ。わたしはちゃんと麻百合さんの志望大学に合格したのに」

「……ごめん」

「わたし、長いあいだずっと」聖菜は悲痛に下唇を噛む。「ほんとにごめんよ……。だけど麻百合も努力したんだ。そこだけはわかってほしい。みんながみんな聖菜みたいに、なんでもよくできるわけじゃないんだよ」

「なんでもよくできるわけじゃありません。これでも地道にがんばってるんです！」

聖菜は頬を上気させて言った。

「だいたいなんですか。そんなに麻百合さんをかばって。愁さんはわたしより麻百合さんの方がいいんですか？」

「誰もそんなこと言ってないよ」意外な言葉に僕はとまどう。「ただ、俺は麻百合の様子をいつも近くで見てたから」

「……へぇ」

聖菜の眉が微妙に神経質そうにひそめられる。

「麻百合さんと一緒にいて、さぞ楽しかったのでしょうね。まぁ、そうなんでしょう。彼女はわたしと違って可愛い性格みたいですから。きっと愁さんは、わたしよりも麻百合さんと過ごす方が楽しいんでしょうね。あれあれ？　もしかしてわたし、帰ってこない方がよかったんでしょうか？　ずっと麻百合さんのままの方が」

「そんなこと誰も言ってないって。とにかく悪かったよ」

聖菜と本格的な口論をするのは初めてだ。彼女は怒るとこうなるらしい。いつもの飄々《ひょうひょう》とした部分を完全に失っている。

でも、それはそれでいい。怒りが収まらないのは聖菜が自分の夢に対して真剣だからだ。人が何かを本気で追い求める姿勢を僕は美しいと思う。自分の好きな人にそういう面があるのは喜ばしい。

でも反面、シンプルに怖かった。

失敗した側からすれば、この憤慨には抵抗のしようがない。一方的にこちらが悪い。だからこそだ。正論ほど敵にまわすと手に余るものはない。

僕はひたすら謝った。他にどうしろと？

「ほんとにすまない、聖菜。でも不可抗力だったんだよ」

「もういいです、知りません！　愁さんの顔なんて見たくないです！」

「聖菜、待って！　俺の話を――」

「わたしの感情も不可抗力なんです。出ていって！」

それがつい先日の話だ。

その後も僕は謝った。メールで、電話で、直接会って、本当に数え切れないくらい。

でも効果はなかった。聖菜は滅多に憤らないが、一度火がつくと強情なのだ。つまり絶対に怒らせてはいけないタイプ。

命を救うための入れ替わり現象のはずなのに、それで破局するなんて――。

元の関係を取り戻せないまま、無情に四月が迫る。僕は親に急《せ》き立《た》てられて、大学のそばのアパートを借りた。そして聖菜と別れた空虚感を抱いたまま、東京に出てきた。

そして今はこうして無気力にアパートの床の上で寝ている。こんなことではいけないと頭ではわかっているのだが、どうしても前向きな気分になれないのだ。

昔と比べると僕も弱くなったものだ。

でも仕方ない。人生には理屈で割り切れないこともある。それは強くて幸せなだけの人にはわからない、ごく当たり前の深い真実だ。

好きな人から一方的に別れを告げられたら、誰だって世界のあり方が変わる。

2

夢を見ている。

その夢の中で、僕は神社の境内に続く石段をのぼっていた。

前にも夢で見たことがある水鏡神社の参道だ。辺りは無人で静か。石段の両脇には背の高い木々が鉄格子のように林立している。

やがて石段の上に境内が見えてきて、僕ははっとした。

「ナツキ……！」

視線の先、神社の拝殿の前にナツキがいるのだ。

僕が最後に鏡で見た中学時代の姿だ。夏用の制服を着て、ナツキは何をするでもなく境内に立っている。僕に気づいた様子はなく、うつろな表情で虚空を見ていた。

「ナツキ！」

僕は境内に向かって石段を駆けあがる。

でも変だ。奇妙なことに前へ進まない。大して長い石段ではないのに、いくらのぼっても境内に着かないのだ。どうなっているんだろう？

その後も全力で駆けのぼり続けたが、どうしても石段を抜けられない。

やがて不可解なことが起きた。ナツキの姿が煙のように薄れていくのだ。すうっと体が透き通り、後ろの背景がくっきりしてくる。

どこか原始的な恐怖が、ふいに背筋を這《は》いのぼってきた。

怖い。

何か怖い。

彼が消えてしまう。

「……ナツキィッ！」

耐えきれずに僕が絶叫すると、ナツキは完全に透明になって消滅した。

突然、世界が真っ暗になる。なんだこれは。この世の終わりが来た。絶望した僕は地面に力なく膝をつき——。

　次の瞬間、はっと目が覚める。

「……夢か」

　また同じ夢だった。

　五月も下旬になったある夜のことだ。いつのまにか床で寝ていた僕は震える息を吐いて顔の汗をぬぐう。

　聖菜と別れて以来、僕は毎日のようにこの夢を見るようになった。ナツキが目の前で消えていく奇怪な悪夢。不思議なことに内容はいつも変わらない。

「ナツキ……」

　毎日同じ夢を見るなんて普通じゃない。不吉な出来事の前兆だろうか？　未来の世界でナツキが何らかの窮地に陥っているのか？

　しばらく考えたが、わからなかった。胸がざわついて頭が正常に働かない。

「……コンビニにでも行くか」

　気分転換が必要だと思ってアパートの外に出た。夜空には白い月が浮かんでいる。僕は深呼吸して歩き始めた。

　昨日から何も食べていなかったから足が少しふらつく。いや、食べていなかったのは一昨日からだったか？　日付の感覚も最近は曖昧だ。世界のすべてが空虚で、どうでもよく感じられる。

僕が死にかけたのは、大通りの歩道を歩いていたときだった。

獰猛《どうもう》な急ブレーキの音が突然響く。ぎょっとして顔を向けると、すごい勢いで走ってきた車が真横にちょうど停《と》まったところだった。ヘッドライトの強い光が鋭く目を打つ。

「──うっ！」

しまった。ぼうっとしていて気づかなかったが、僕はいつのまにか赤信号を渡っていたのだ。慌てて運転手に謝罪し、車道を離れる。

「ふうっ……。危うく死ぬところだったな」

車が走り去る。信号が変わるのを待ち、僕は再び歩き始めた。間近で強いヘッドライトを直接見たから、光の残像はなかなか消えなかった。視界にちらちらと不思議な光が見える。

これってなんだかあれみたいだな、と僕はふと思った。子供時代のナツキが口にしていたというオレンジ色の光る雪。彼がイメージしていた死後の世界に降るものだ。ナツキの夢を見て目覚めたばかりだから、そんな連想が自然に働いたのだろう。そうでなければ今さらこんなことは考えない。

あれは結局、ナツキがインフルエンザの熱で見た幻覚だった。でも昔の僕はそれを未来の息子の自殺願望だと思いこみ、ずいぶん空回りしたものだった。

「自殺か……」

ある意味では、今の自分も傍目《はため》には似たようなものだったのかもしれない。だって車が勢いよく走っているのに躊躇なく赤信号を渡ろうとしたのだから。仮に死んでいたら、そう受け取る者もきっといるのだろう。

ただ、自分が死ぬことを想像すると、やっぱり嫌だなと強く感じた。この世界に絶望し、ずっと無気力な日々を送っていたのに――。

なぜだろう？

どうして？

決まっている。心残りがあるからだ。煎じ詰めれば、それはひとつに集約される。

僕はまだ聖菜のことを――。

そう、今はその気持ちをやけに鮮やかに感じる。轢《ひ》かれて死にかけて、生きている感覚を改めて噛みしめていたせいでもあるのだろう。麻痺して埋もれていた最も大切な感情に気づいた。聖菜がいないこんな場所で、孤独に死んでいきたくはない。

僕は今、生きている。そしてまだ彼女のことが本当に好きなのだ。

夜闇の中、オレンジ色の雪のように見える残像に取り巻かれて、僕は思う。

そうだ。やっぱりもう一回だけ謝ろう。あと一度だけ話をさせてもらおう。もちろん聖菜からすれば迷惑な話なのかもしれないが。

「ん。これで本当に最後だから——」

僕は電話をかけようとした。でもスマートフォンを部屋に置いてきたことに気づき、身をひるがえしてアパートへ走る。

階段をのぼりきると、僕の部屋の前に誰かがいる。心臓がどくっと強く打った。

スーパーの袋を持ったその女性はドアフォンを押しているが、もちろん僕は不在だから反応はない。落胆したように彼女は呟く。

「……留守ですか。やっぱり連絡を入れておけばよかった」

残念そうに言ったのは、驚いたことに彼女だった。

「聖菜！」

会うのは約一ヶ月ぶりだ。衝動的に僕が駆けよると、聖菜は大きく目を見張る。

「愁さん！　出かけてたんですね。会えてよかった！」

「驚いたよ」僕は呼吸を落ち着けながら言う。「でも、なんでここに？」

「電車で。うまく乗り継げば三十分くらいですし」

「や、べつにそういうことじゃなく……」

「知ってます。びっくりさせたくて」

そして唐突に彼女は言った。

「鍋パ」

「え？」

「材料たくさん買ってきたんです。ときどき急に、わけもなく食べたくなることってありません？　わたし無性に、愁さんと鍋パーティをしたくなって」

「あ、あぁ……鍋パって鍋パーティの略か。たしかに俺も鍋は好きだけど、ちょっと季節はずれじゃない？　もうすっかり春だよ？」

「いいじゃないですか。おいしいものは、いつ食べたっておいしいんですから。それより愁さん、見てくださいこれっ」

持っていたスーパーの袋を彼女が得意げに開くと、中には様々な食材が入っていた。

「どうです。おいしそうなものがいっぱい！」

「たしかにね。でもなんだろう、この食材のセレクト。何を作る気？」

「トマト鍋です！」

「……食べたことないなぁ」

この状況で、単にトマト鍋をしたくて来たという話を額面どおりに受け取るわけもない。でも、それをすぐに追及しない程度のマナーは僕も身につけている。

「まぁ知らないものを食べるのも楽しみだよ」僕は部屋のドアを開けた。「さ、入って」

「お邪魔します――って、なんですかこれ！　部屋の中、何もないじゃないですか！」

「あ。そういえば、人をもてなすような場所じゃなかったかも」

「まったくもう。これだから男子は」彼女は肩をすくめた。「仕方ない。わたしが手伝ってあげます」

「……ありがとう」

客観的に考えれば、聖菜のこの来訪は偶然ということになるのだろう。たまたま彼女が僕の望んだタイミングで来てくれただけだ。

でも実際のところ、僕にはナツキが導いてくれたようにしか思えなかった。心の中のナツキから示唆を受けて、僕が迷いを振り払ったからこそ運命を引きよせることができた。彼女と別れずに済み、むしろ向こうから歩みよってくれるという幸運がもたらされたのだ。

そう。これは気のせいでも思いこみでもないと、あえて言ってしまおう。

そもそも僕の心の問題を客観的に考えることに意味はない。

何を思い、それをどう解釈するかは自らにゆだねられている。これは僕の主観によって構成された回想録なのだから――。

僕の心と僕の世界はつながっている。オレンジ色に光る雪の残像は、もう見えない。

部屋に入ると、僕と聖菜は段ボールを順番に開けていった。

持参した覚えはないのに、箱の中にはフライパンや菜箸やキッチンばさみまで入っていた。きっと母親が忍ばせてくれたのだろう。

僕らはキッチンで鶏肉やじゃがいもや玉ねぎを切ると、鍋にオリーブオイルを入れて炒めた。そこにトマト缶と調味料を加えて煮立たせ、順番に具を入れる。最後に塩こしょうで味を調えて、できあがりだ。

「うん、いい感じですね！」

煮立った鍋からはトマトの甘い香りが漂っている。

部屋の中央に置いたローテーブルで、僕らは食事を始めた。

「いただきます！」

口に含むと、トマト味のスープが染みた鶏肉はすごく柔らかい。それでいて中心はむっちりとした心地いい食感。さっぱりした味で、いくらでも食べられる。

「んっ……うまい！」僕は膝を打った。「初めて食べたけど、トマト鍋、滅茶苦茶おいしいよ。聖菜は料理も上手だね」

「またまたぁー。それほどでも」

満更でもなさそうに彼女は照れ笑いした。

「でも基本、鍋は煮るだけですからね。化学の実験と似たようなものです。レシピどおりに調合すれば、余程のことがない限り失敗しないんですよ。これ、冗談みたいな本当の話です。料理が下手な人って、大抵はレシピどおりに作ってないんですよ」

聖菜が言うと妙に説得力があった。

「ま、何にしてもすごいよね。さすが失敗しない女、聖菜だよ」

僕が褒めると、なぜか彼女は肩をぴくりと震わせ、睨むような視線を向けてくる。

意味深な間が生じた。トマト風味のスープが煮える音だけが、ぐつぐつと聞こえる。

「……どうでしょう」聖菜が静かに口を開く。「失敗はしてますよ、わりとたくさん」

「え？」

「こんなに怒らなくてもいいって頭ではわかってるのに、感情に振りまわされたり。それを思い出して悔やんだり、恥ずかしくてずっと謝れなかったり……」

「聖菜」

「今日は、えっと……仲直りがしたくて。そのために来たんです」

その言葉に、僕の胸はじわりと熱を帯びた。

「そっか。だったら許してくれるんだね？」

「だって」彼女は唇をわずかに尖らせる。「冷静に考えると、愁さんは何ひとつ悪いことしてないですもん。それくらい、わたしにもわかってます」

つい意地を張ってしまっただけなのだと聖菜は言った。

「ごめんなさい……」

「いや、俺の方こそ、ごめんよ」

よかったと心の底から思った。

そして僕らは柔和な微笑みを交わし、張りつめていた空気もゆるむ。打ち解けた親密な雰囲気がまた戻ってきた。

彼女は箸を持ち、豆腐を一口食べ、それからリラックスした口調で言う。

「たしかに最初のうち、志望大学に行けなかったのはショックでした。でも今の学校にも大勢の作家が卒業生にいるんです。だから問題ないって最近は思うようになりました。それに先日、ある教授に言われたんです。本気で小説を書きたい人は誰にも頼らないって。学ぶべきことをみつけたら、自分で自分を磨くんだって。教わることと学ぶことは、じつはまったく違うことなんだよって」

「ふうん。いいこと言う人だね」

「ほんとの意味で小説家を目指す人は書きたい欲求があふれてるそうです。ぜんぜん大学に来ないケースも多いんですって」

「そうなんだ……。聖菜はどうなの？」

「あふれてはいませんが、コップの水でいうと表面張力ぎりぎりです」

「じゃあ急がないと！」

「ええ！」

仲直りした僕らの鍋パーティは、途中から激励会という名目に変わって朝まで続いた。

そして彼女は翌日から創作活動に打ちこむようになった。

オリジナル小説の執筆。

才女の聖菜も、さすがにそれには手こずっていた。入試の小論文を書くのとは、わけが違うのだろう。お互いの家を毎日のように行き来して、僕は彼女からしばしば小説の相談を受けたものだった。

「どう思います、愁さん？」

「んー。あのねぇ……」

頼りにされて喜ばしい反面、理工系の僕に文芸のことはよくわからない。

でも彼女の助けになりたい気持ちは誰よりも強かった。だから僕は自分にわかることだけを言葉を尽くして伝えた。

「俺はさ、聖菜の本心が命じるままに書けばいいと思う。そのときは評価されなくても気にすることない。ものごとの価値も面白さも、時代によって変わるからね。わかってくれる人は必ず現れるよ。それは人間が年を取って、この世界を構成する顔ぶれが入れ替わっていく以上、当然のことなんだ。ルールは絶対的なものじゃない。人の感性は移ろう。社会の感覚も変化する。昔は面白いと思われてたものって、今読むと案外ぴんと来なかったりするだろ？　だから君は自分の信じるものをひたすら追求すればいい。大切なのは自分の表現欲求。本当の気持ちのままに進んでいけばいいんだよ。いつか時代の方が、君に追いつく」

「愁さん……」

「何？」

「その考え方、素敵です！」

聖菜が目を輝かせて抱きついてくる。僕は赤くなる。

でも今の助言が少しでも役に立ったのなら、本当にうれしいことだった。


その後も僕は聖菜の創作活動に力を貸した。資料を集めたり、取材に同行したり、読んだ感想を伝えたり――なるべく具体的な支援を心がけて。

不思議なことに聖菜と復縁して以来、ナツキが消える悪夢を見ることは、ぴたりとなくなった。あれはきっと当時の僕の不安感が夢に表れていたのだろう。

聖菜の努力が実を結んだのは、大学三年生の秋のことだった。

なんとか彼女の小説は書きあがり、試しにそれを新人賞に出したところ、幸運にも受賞してしまったのだ。

ある日の午後、出版社からの突然の電話で、僕らはそれを知らされた。

「愁さん、どうしよう。わたし……わたしっ！」彼女が興奮気味に言う。

「すごい……」僕は本心から言った。「ほんとにすごい！ いつかこんな日が来るとは思ってたけど、いきなりだなんて」

「愁さんのおかげです！」

「それはないよ」僕はつい笑った。「俺は何もしてないし。でも、とにかくおめでとう！ やっぱり君はミラクルな女の子だ」


やがて彼女の本は出版されて、大きな反響を呼んだ。

何せ作者は現役大学生で、しかも美人なのだ。マスコミが飛びつかないはずがない。

新進気鋭の学生小説家、赤沢聖菜の誕生――。

とはいえ、小説に関することは、もう僕の口からは語らないでおこう。この先は僕の人生のメモワールではなく、彼女自身の物語になるからだ。

そう、決して素敵なことばかりではなかった。話題になった以上、多くの理不尽も彼女の身には降りかかる。僕は盾になろうと懸命に努力した。

でも表現者が批評を受けるのは、ある程度までは避けられないことだ。

そして批評と誹謗中傷《ひぼうちゅうしょう》の違いがわからない者も多い。嫉妬した作家志望者たちから彼女は品のない悪口を言われた。ネットで罵《ば》詈《り》雑言《ぞうごん》を書かれたりもした。

それでも彼女は心から真っ赤な血を流しつつ、まともな方法で前に進んでいったのだ。

いつも口もとに優しい微笑みを浮かべて——。

そんな彼女を僕は立派だと思う。深く尊敬する。

でも実際のところ、当時の聖菜の本音はどんなものだったのだろう？

僕には彼女の心の底まではわからない。だからいつか彼女自身がそれを小説に書いてくれればいいと思う。いろんな意味で興味深い内容になるはずだ。

そう。他人の人生を知ることは自分の世界観をひろげてくれる。

それによって、生きていく上で入ってくる情報の質と量が変わってくる。得られる感情も変化する。人生そのものは変わらないが、人生のクオリティが変わるのだ。

小説を読むことの効能は、つきつめればそれなんじゃないだろうか？

未来の息子のナツキのように、僕はもっと物語を読む必要があるのかもしれない。

ものごとの意味を、より多様にするために。

人生の滋味を、もっと深く汲《く》み取《と》るために。

決して美しいことばかりではないこの世界を、今より救いのある場所に感じるために。

第四章　社会人時代

1

二〇一三年、僕と聖菜は大学を卒業して社会人になった。

このころの就職情勢はわりと厳しかった。リーマンショックを含む世界的な金融危機の余波が、完全には消えていなかったからだ。少なくとも僕はそう感じた。

でも幸運だったのだろう。僕は知人の口利きもあり、それなりの規模のソフトウェア、開発会社にすべりこむことができた。

就職が決まったとき、父の敏夫はほっとしたふうに苦笑していたものだった。

「おまえもこっちの……ITの方面に来るとはなぁ。まあ、これから間違いなく伸びる業界ではあるが」

「分野は微妙に違うけどね」

「何にしても、これで文句なしに一人前だ。お祝いに、男同士で飲みに行くか」

なんでも社会人になった息子と、静かなバーでウイスキーのグラスを交わすのが父の長年の夢だったそうだ。仕事以外にはあまり興味がなさそうな父にも、そんな願望があったのかと思い、僕は心があたたかくなる。

その夜、わざわざ東京まで出てきた父に連れられて、僕はジャズが流れる落ち着いた雰囲気のバーに行った。そしてふたりでウイスキーを飲んだ。

「まずはやっぱりストレートだ。それを一口飲んだあと、チェイサーで状態をリセットする。それからまたストレートで一口。これが俺のお気に入りなんだよ。芳醇《ほうじゅん》な熱さと冷たさが交互に喉を通りすぎて、至福のときをたっぷり味わえる」

「ふうん。そうやって飲むものなんだね」僕は言った。

「いやいや、これはあくまでも俺の場合の話。おまえはおまえに合う飲み方を探していけばいい」

なかなか奥深い世界のようだ。僕はそれまでウイスキーを飲んだことはなかったのだが、これを機に少しずつ入れ込んでいくことになる。

でもそれはまた別の物語だ。僕と父はリラックスしてグラスを重ね、やがて夜も更けたころ、少し赤くなった顔の父がぽつりと不思議な言葉をこぼした。

「なあ愁」

「ん？」

「俺は……いい父親じゃなかったな」

「えっ？」

僕はちょっとびっくりした。それが今までの会話の流れとはまったく関係のない話題だったからだ。父さん、だいぶ酔いが回ってるみたいだなと思う。

「何だよ急に。いい父親なんじゃないの？」

父は深い溜息をついたあと、一拍の間を置いて「いや、俺は……」と言った。

その先の言葉はなぜか紡がれない。僕は無言で続きを待つ。

「いい父親ってのは……」

父は同じ言葉をもう一度くり返し、琥珀《こはく》色《いろ》の液体が入ったグラスを物憂げに眺める。通りすぎる不思議な沈黙。やがて父は、はっとしたように顔を上げて呟く。

「すまん。俺は何を言ってるんだろうな」

「や、それはこっちの台詞だよ」

「……飲み過ぎたな」父は不覚だというふうに手で顔をこする。「まあ、明日に響いてもあれだ。今夜のところはもう帰ろう。楽しかったよ、愁」

「ああ、俺もだよ」

僕は内心拍子抜けしつつも、まあいいかと首を振る。何を言いかけたのかは知らないが、今夜は父が酔った姿を初めて見ることができた。これはこれで貴重な体験をしたと思っておこう。話なら、この先いくらでもする機会があるのだから。素面《しらふ》のときに。

僕らは夜更けのバーを出た。宿泊予定のビジネスホテルに向かう父の背中を僕は微笑ましい気分で見送ったのだった――。

と、僕の就職にまつわるあれこれは、そんな感じだ。

そして聖菜の方はというと、僕と違って会社員にはならなかった。就職はせず、専業の小説家になった。

勇気のある選択。やっぱり聖菜はすごいと僕は改めて思った。

最初の本の反響も収まり、今の聖菜は落ち着いて二作目を執筆中。ここが勝負どころだろうから僕も応援している。実際、よく会社帰りに差し入れを携えて、彼女のもとへ行っている。すると彼女は喜び、僕もうれしくなり、まさしくいいこと尽くめだ。

そんなふうに、大学を出ても僕らの親密さは変わらなかった。

社会人生活は学生時代よりずっと忙しい。それでも僕らは時間を作って頻繁に会った。今にして思えば驚くべきことだが、当時は一日徹夜するくらい、なんでもなかったのだ。もう戻れないあのころを、ときどき懐かしく思い出す。

僕らはＳＮＳでこまめに連絡を取って食事をしたり、休みの日はデートに出かけたりした。

行く先に暗雲が立ちこめたのは、もうすぐ社会人二年目に突入しようという春。

二〇一四年のことだ。

僕は今でも鮮明に覚えている。それは三月下旬のあたたかな日曜日の午後で、聖菜の家の近所では気の早い桜が咲いていた。

当時の彼女は、大学時代と同じ下高井戸《しもたかいど》のアパートに住んでいた。

作家には出勤する義務も、東京に住む必然性もない。むしろ川越の実家にいる方が集中して執筆できるんじゃないか？　僕は以前そう尋ねたことがあるのだが、聖菜はかぶりを振った。東京在住の方が編集者との打ち合わせに便利らしい。

「理由はわからないんですけど、やっぱりみんな会って話をしたがるんです。ネットじゃなく」

「そうなんだ。聖菜が可愛いから、単に会いたいんじゃない？」僕は言った。

「……からかわないでください。一応言っておきますけど、担当編集者は女性です」

「あ、うん……」

さりげない返事をしつつも、僕は内心ほっとした。

ともかく彼女は川越に戻る気はないらしい。それが本人の意思なら尊重しよう。

当時は僕もまだ学生時代と同じアパートに住んでいた。でも、そろそろ引っ越そうかと思うようになっていた。貯金もできたし、もう少し職場の近くに住みたい。できれば聖菜と——。

でもそれを彼女には切り出せずにいた。僕らはまだ一線を越えていなかったからだ。じつのところ僕は前にそれを試みたことがある。でも断られた。ずいぶん前の話になる。それは大学時代の冬の金曜日の夕方で、僕らはベッドに座って抱き合っていた。優しく背中を撫でて口づけをした。ところが服を脱がせようとしたとき、彼女が僕の耳もとで言ったのだ。

「あの、わたし……結婚するまでは」

「え」

「ごめんなさい」

小さいが、きっぱりした声だった。

「すみません。わたし……古風すぎますか？」聖菜は恥ずかしそうに赤面する。

「そんなことないよ」

口ではそう言いつつも、僕はひそかに気落ちしていた。

「譲れない考えがあるのは、いいことだと思う……」

柔らかいベッドの上で、どうにかそんな正論をひねり出しただけだった。

一緒に住むのなら、たぶんその辺りがひとつの争点になる。聖菜の中では同棲と結婚もやっぱりセットなのかな、と僕は回想から我に返って考えた。

三月下旬のあたたかな日曜日——。窓の外では気の早い桜が咲いている。下高井戸の聖菜のアパートの部屋の窓辺で、「結婚……か」と僕は呟いた。

もしも申しこんだら断られない気はする。でも今の僕らは二十三歳だ。少し早くないだろうか？

「……悩ましいな」

ひっそりと咲く桜は、記憶の中の何かを刺激するのかもしれない。僕は再びべつな出来事を思い出す。

あれは霧の深い去年の秋の週末だった。神弥子さんに招待されて、僕は川越の聖菜の実家に遊びに行った。名目はチーズフォンデュパーティ。専用の鍋を買ったから、昼食会をしようという話だった。

その日、聖菜とふたりで赤沢家に行くと、神弥子さんが玄関で出迎える。

「ひさしぶりねぇ、愁くん。ますます素敵になったんじゃない？」

「神弥子さんこそ。あまりからかわないでくださいよ」

「聖菜とは仲よくやってるみたいね。いろいろ聞いてるよ」

「え、えぇ……？　何を？　そうなんですか？」

変なことを言われていなければいい、と僕は冷や汗をかく。そのとき、ふいに神弥子さんの背後から声がした。

「やあ。君が嵯峨愁くんだね？」

リビングから現れたのは温厚そうな五十代の男性。丸眼鏡をかけて、タートルネックのニットとシンプルな白のパンツを身につけている。

誰だろう。いや、どう考えても――と思っていると彼は僕の前で一礼した。

「はじめまして、聖菜の父の孝明《たかあき》です」

「こちらこそ、はじめまして」僕も背筋を伸ばしてお辞儀した。

「いやいや、そうかしこまらないで」

孝明さんはおだやかに続ける。

「聖菜は昔から好みがうるさくてね。誰とも結婚できないんじゃないかって心配してたんだ。本人が満足してるなら、何も言うことはないよ。娘をよろしくお願いします」

「え……」

すっかり硬直している僕の横で、ふいに聖菜が真っ赤な顔で手をぱたぱた振る。

「ち、違うから、お父さん！　べつに結婚の挨拶をしに来たわけじゃないから！」

「へっ……？　そ、そうなのか」

彼のかけていた丸眼鏡がずれた。聖菜が泣き笑いのような表情で言う。

「今日はただの食事会っ！　チーズフォンデュを食べに来ただけ！」

「……なんてことだ」

彼は呆然と呟き、あまりにも気まずい空気になる。居たたまれない。

そんな状況を何気ない日常的なムードに戻したのは、やはりというべきか神弥子さんだった。

「まあまあ、勘違いは誰にでもあるから。それよりほら、ぼけっと立ってないでお昼ごはんにしましょ。待ってるあいだに、おなか空いちゃったわよう」

「そ、そうですね！」僕はこくこくとうなずく。

神弥子さんに案内されて、僕らはリビングのテーブルについた。

彼女は何事もなかったかのように、細かく切ったチーズと小麦粉とワインを鍋に入れて火にかける。チーズがぐつぐつ溶けてくると、軽く香辛料を加えた。

「さぁ、準備できた。いただきましょう！」

「うん」と孝明さんが、「そうね……」と聖菜が、「いただきます」と僕が言う。

具材は下ごしらえしたものが豊富に用意してあった。切ったバゲット、じゃがいも、ブロッコリー、アボカド、鶏のささみ、エリンギ、他にもいろいろ。

僕らはそれらをピックに刺し、濃厚なチーズにからめて食べる。

「ん。おいしい！」僕は言った。

「ほんとだ」孝明さんも相好を崩す。「これはうまい」

「たしかに、けっこう本格的なお味かも」聖菜も目をぱちぱちさせる。

「よかったよかった」と神弥子さんが笑った。

実際、熱いチーズでくるまれたバゲットはとてもおいしい。そしておいしいものを食べていると否応なく気分がよくなる。食べ終わったころには気まずいムードは跡形もなく消え去っていた——。

そんな印象深い食事会が、去年の秋の週末にあったのだった。

そして今、聖菜のアパートの部屋で、気の早い桜を見ながら僕は呟く。

「楽しかったよな、今振り返ると……」

神弥子さんだけではなく、父親の孝明さんも好人物だった。

恋人はともかく、結婚となると本人同士だけの問題ではなくなる。でも、あの人たちとなら家族になるのも、たぶん悪くない。

明るい未来を想像して僕がいい気分に浸っていたとき、突然キッチンから音がした。

「……聖菜？」

僕は窓辺からキッチンに視線を移す。刹那、さっと血の気が引いた。

「聖菜っ！」

彼女がキッチンの床に、うつ伏せで倒れていた。

2

聖菜は完全に気を失っていた。

僕はすぐに救急車を呼び、神弥子さんにも電話した。もしかすると何か秘密の持病があるのかもしれないと思ったからだ。

でもそれはなかった。神弥子さんの話だと、昔は喘息がひどかったらしいが、今は健康体そのもので、薬なども服用していないという。

「とにかく」神弥子さんが張りつめた声で言う。「わたしもそっちに行く！　搬送先がわかったら教えて」

「わかりました。いったん切ります」

救急隊が到着して聖菜をストレッチャーに寝かせた。すると彼女は薄く瞼を開ける。

「あれ、愁さん？　これって……」

聖菜の顔色は青白かったが、意識ははっきりしているようだ。

「よかった」と僕は安堵の息を吐く。「何があったの？　君、突然キッチンで倒れたんだよ」

「……ああ、また」

「また？」

彼女が寝かされたストレッチャーと並んで歩きつつ、僕はそのまま救急車に乗った。

「最近、やけに転ぶんです。家具に手や足をぶつけることも多くって。今回はキッチンで足をすべらせたんでしょう」

「そうなのか……。どうして今まで言ってくれなかったんだ？」

「やぁ、だって大したことじゃないですよ。オーバーです。わたし、昔からそそっかしくて、いろんな場所によくぶつかりますし、最近は執筆で目が疲れてましたから」

「ん……。だといいんだけど」

「へっちゃらですって」

聖菜は僕を安心させるように微笑んだ。いつもは軽やかだと感じる笑顔。でも今はなぜか、たちまち壊れてしまいそうな儚《はかな》いものに見える。

救急車が走り出し、まもなく搬送先に着いた。看護師の質問と医師の診察のあと、長い検査が始まる。何をそんなにくわしく調べているのか。ＣＴ？　ＭＲＩ？　とにかくおそろしく時間がかかっているのはたしかだ。

聖菜の検査が終わる前に、神弥子さんと孝明さんが病院に到着した。

「愁くん！　聖菜はどうっ？」

神弥子さんに訊かれて僕は答える。

「まだ検査中です。意識はしっかりしてて、本人は大丈夫だって言うんですけど」

「……そっか」

「心配ないさ。聖菜はもうすっかり丈夫になったじゃないか」と孝明さんが神弥子さんの肩に手を置いた。

でも、その日のうちにわかる。僕らの見込みが甘かったことが。

検査の結果、信じられない事実が判明した。

聖菜は脳腫瘍だった。

3

その後も聖菜は何度か病院に検査を受けに行った。脳に腫瘍があるのは間違いなく、しかも大きいという話だった。

腫瘍が視神経を圧迫していたから目に影響が出て転んだのだ。近頃、手や足をぶつけることが多いというのもそのため。つまりは危険な状態だということだ。

幸い、腫瘍は悪性ではなく良性だった。鼻から内視鏡などの器具を入れて精密な手術を行えば、おそらく治る。もちろん、だからと言って手術が不安じゃないはずがない。

詳細を知って以来、聖菜はすっかり落ちこみ、食もすごく細くなってしまった。

「あのさ聖菜……何か食べたいものはない？　俺でよければ、なんでも作るけど」

僕がそう言っても「すみません、どうしても食欲が」と力なくかぶりを振る。

「今は喉を通りそうにないんです……。ごめんなさい」

「ん、わかった。でも食べたくなったら、ちゃんと言ってよ？」

「はい……」

「ほんとにさ、その……元気出して」

「……ありがとうございます」

でも、元気を出してと言われて、はいそうしますと変われたら苦労はない。

彼女は鬱々とした雰囲気で、いつもベッドで寝ているようになった。腫瘍の直接的な影響ではなく、気持ちの落ちこみから来るものだ。憂鬱に支配されている。

それをなんとかできない自分が、僕は心の底から歯がゆかった。無力だと感じた。

一刻も早く手術してほしいと聖菜の両親が頼んだため、日程はすぐに決まった。その方面の名医が来院する日に合わせ、二週間後から入院するという。

とにかく手術の日まで、なるべく豊富な体力を維持する必要があるのだけれど。

「そんなに簡単じゃない……。人間には感情ってものがあるんだ」僕は呟く。

だって脳を手術するのだ。「おそらく治る」は「絶対に治る」と同義じゃないし、不測の事態が起きないなんて誰に言える？　その後の生活に何の影響もないなんて誰が保証できるんだ？

そもそも成功しても、当分は安静にしている必要がある。彼女は二作目の小説の執筆をいったん止めなければならない。それはどれだけ不安で、もどかしいことだろう。

眠れない夜、暗闇に目を凝らして僕は考えたものだった。

——代わってあげたい。

彼女の代わりに俺が病気を引き受けてやりたい、と。

あるいはべつな夜、雨の中を濡れて歩きながら僕は憎んだ。水鏡の神様を。

——何も悪いことをしていない彼女が、なぜこんな目に……？　精神を入れ替える力があるなら腫瘍くらい俺に移してくれよ。何やってんだよ、と。

「……くそっ！」

いや、もうよせ。どうかしている。

深く息を吐き出し、僕は降りしきる雨の中で足もとを見つめる。

ともかく彼女をこんな状態で手術台に向かわせるわけにはいかなかった。

彼女を力づける。

彼女を救う。

愛する人の心を憂鬱から——なんとしても。

手術が行われる前に、僕は彼女の冷えた心を愛情で包み、あたためてあげなければならないのだ。

でも、どうすれば？

答えを得られないまま日々は過ぎていき、四月になった。

＊

その日の仕事が終わると、僕はすぐに会社から川越へ向かった。

もう時間はない。聖菜は今週の金曜日から手術のために入院する。それに備えて彼女は一時的に実家に戻っていたのだった。

春だというのに肌寒い、四月七日の月曜日の夜だった。僕が着くと赤沢薬局はすでに閉まっていたが、事前にＬＩＮＥでメッセージを送っておいたから問題ない。

敷地内の住居に回ると、赤沢家の玄関で神弥子さんが出迎える。

「いらっしゃい、愁くん。平日なのによく来てくれたね」

「今日はどうしても来たかったので……」

「愁くん？」神弥子さんが僕が持っている紙袋をちらりと見た。

僕は気づかないふりをして尋ねる。

「聖菜の具合は？」

神弥子さんはかぶりを振ると、「……相変わらず」と答えた。

それでどんな様子かだいたい見当がつく。胸が痛切に締めつけられた。

「励ましてあげて」

神弥子さんはそう言うとリビングへ姿を消した。孝明さんはまだ帰宅しておらず、僕と聖菜のふたりだけにしてくれるらしい。好都合だった。

僕は廊下の先にある手すりつきの階段をのぼり、聖菜の部屋のドアを叩く。

「聖菜、俺だよ。入ってもいい？」

「……どうぞ」

ドアを開けると、聖菜はうつろな表情でベッドに寝ていた。部屋の中の空気はこもっていて甘い。僕はベッドに歩みよると、床に膝をついて彼女に顔を近づける。

「調子は？」

「ええ……。いつもどおり何事もないですよ」

平日なのに来てくれてありがとうございます、と彼女は小声でお礼を言った。

いつもどおり何事もなく意気消沈してるみたいだな、と僕は思い、心が痛む。だからこそ、あえて明るく何気ない声で訊いた。

「もう晩ごはんは食べたの？」

「ええ、柔らかいお粥《かゆ》を少し。あれは喉にするする通っていくから、今のわたしでも食べやすいんです。まぁ、スタンダードな病人食ということで」

「……そんなのじゃないさ」僕は下唇を噛んだ。「何もかも治るよ、もう少しで」

「だといいんですけど」彼女は長い睫毛を伏せる。

「あのさ聖菜。ちょっと込みいった話があるんだけど、いいかな」

「今？　いいですけど……。あ、もしかしてそのために来てくれたんですか？　わざわざごめんなさい。ＬＩＮＥとか電話でもよかったのに」

「いやぁ、そういうわけにもね。大事なことだからさ」

彼女が不思議そうな顔をする。その唇から疑問が放たれる前に、僕は持参した紙袋から箱を取り出した。手のひらサイズの小さな白い箱だ。

「はい、プレゼント。開けて」僕は言う。

「え？　これって」

まさか、と呟いて彼女はベッドの上で半身を起こす。そして箱に手をかけて、ふたを開けた。

「——きゃっ！」

悲鳴があがったのは当然だ。箱の中から、おもちゃのピエロの頭が飛び出したのだから。ばね仕掛けのびっくり箱。いわゆるジョークグッズだった。

「……むー」

びょんびょん揺れるピエロの頭を、彼女は半眼で睨む。

「もぉーっ……。愁さん、ひどいですよ。こんな不意打ち」

「ごめんよ。でも、先に言っちゃうとつまらないから」

そして僕は紙袋から、もうひとつの小さな箱を取り出し、聖菜の前で開けた。

彼女は目を見開く。

最初の箱はただの遊び心で、こちらが本命。僕が彼女に見せたのはダイヤモンドの指輪だった。

「婚約指輪。今すぐじゃなくてもいいんだ。ぜんぶ落ち着いてからでいいから」

そう言うと、僕はジョークグッズを彼女から受け取り、代わりに指輪の入った箱を渡す。呆然としつつも、彼女は慎重な手つきでそれを受け取ってくれた。

「……どうして？」聖菜は震える声で言う。「うれしいですけど……部屋じゅう飛びまわりたいくらい素敵ですけど！」

「うん？」

「わかってるんですか、愁さん？　わたし脳腫瘍なんですよ？　もうすぐ手術で、どうなっちゃうかわからないんですよ？　いくら成功の確率が高くても、この世に百パーセントはありません。もしかすると死んじゃうかもしれないんですよっ？」

「死なないさ。失敗なんかするわけない。俺にはわかってるからね。だからこそ今、伝えたんだ」

「どういうことですか？」

「愛してる」

その瞬間、聖菜はあごを引き、僕は全身が燃えるように熱くなった。

でも、口に出して明確な言葉にしよう。

そうしなければいけない状況が人生にはある。これは僕の一生における最大の勝負なのだ。今この瞬間がクライマックスなのだ。

「あのさ聖菜。世の中にはどんな困難も超えるものがある。聞いたことあるだろ？　病めるときも健やかなるときもってやつ。人間、いいときもあれば悪いときもあるけど、絶対に変わらないものだってあるんだ。それが本当の愛情だよ。それがある限り、人は損なわれない。だって不変なんだから。俺は何があっても君を愛するよ。だからこの件が落ち着いたら――」

結婚しよう。

僕がそう告げると、彼女の目の中で何かが光った。

「はい……」

彼女はそっと瞼を閉じて言う。

「ありがとう、愁さん……」

「聖菜」

「わたしでよかったら、喜んで」

「ん」

「大好き」

そして彼女は箱からダイヤモンドの指輪を取り出す。それは吸いこまれるように薬指にきれいに収まった。

「すごい、ぴったり……。愁さん、よくわたしのサイズがわかりましたね」

「いつもよく見てたから。観察力には自信があるからさ」

昨日の日曜日、ブライダルジュエリーの専門店で店員と相談しながら買ったものだった。聖菜にはやっぱり美しく輝くダイヤモンドが似合う。永遠の愛の象徴。他には考えられない。

「君のこと、一生守るよ」僕は心をこめて告げた。

「はい……。よろしくお願いします」

そして彼女はひとつうなずいて続ける。

「ねえ愁さん。わたし絶対、病気には負けませんからね。もう弱音は吐きません。よかったら、これから一緒に夜食を食べませんか？　手術までに少しでも体力をつけておきたいんです」

「よかったよ、元気が出て」

そして僕らは満ち足りた微笑みを交わす。——深く、濃密な幸せを感じた。

愛する人と心が通じることの感動。

受け入れてもらえることと、ともに歩んでいける喜び。

人生でこんなに幸福な日は、他にないだろう。

4

プロポーズのあと、事態は一気に好転した。皆の励ましの中で、手術も危なげなく成功した。本当に見事にあっさりと。

聖菜は現在入院しているが、順調に回復している。このまま何事もなければ、じきに退院できるらしい。その後は——いくつか注意することはあるけれど——自宅で生活ができる。そして執筆も再開できるという。

素晴らしいことだった。

聖菜が病院を出たら、結婚式の計画をゆっくり立てよう。それと並行して同棲も始めようという話になる。本当に、ただ素晴らしいとしか言いようがない。

　でも、そんな四月の半ばに予想外の出来事が起こる。今度は僕の身に。

　間が悪いなんて言葉では片づけられないが、じつを言うと予兆はあった。近頃の僕は原因不明の腹痛で苦しんでいたのだ。でも、体は丈夫な方だったから楽観視していた。

「ま、胃薬でも飲んでおけばそのうち治まるだろ……」

　思えば、それが大間違い。

　忘れもしない四月十五日のことだ。その日は朝から腹痛がひどく、僕は会社に病欠の連絡をする。

「はい……はい……。急な体調不良で。すみません」

　そして電話が済んだ途端、急に具合がよくなるのだから人間というのは不思議だ。すっかり腹痛は治まって、もうなんともない。季節は春で天気もよく、遊びに出かけるのには理想的な日和だ。このまま家にいるのはもったいない。

　ふと思いつく。

「あぁ、そうだ。例のスマホでも取りに行くか」

　僕はスマートフォンを二台持っている。様々なアプリを同時に使えて便利なのだ。だから普段は二台持ち歩いているのだが、先日指輪の件で母親の参考意見を聞くために実家に戻った際、うっかり一台を忘れてきてしまった。

せっかくだから、この休みを利用して取りに行こう。

僕は家を出ると、電車に揺られて秩父駅まで行く。そして、ちょうど実家の前まで来たとき、それが起きたのだ。

「――うっ？」

なんだ？　突然ものすごい腹痛に襲われる。

立っていられなくなり、僕はうめき声をあげて地面に膝をついた。

「何……？　愁なのっ？」

僕の苦悶《くもん》の声を聞き、玄関から血相を変えた母親が飛び出してくる。

「愁、どうしたのっ！」

おなかが死ぬほど痛い――。そう言おうとしたが、激痛で言葉にならない。わけのわからない宇宙語みたいなものを、かろうじて唇の隙間から吐き出しただけだった。

それから僕は母親の車で病院に運ばれて、地元の医師の診断を受けた。

不覚にも気づかなかったが、危ないところだったらしい。腸の一部が激しい炎症を起こしていて、腹痛はそのため。測ったら高い熱もあった。もう薬ではどうにもならず、放置すると命に関わるそうだ。

聖菜と結婚が決まったこんなときに――。冗談じゃない！

僕は即日入院して、緊急手術を受けることになった。

「心配ないよ。お母さんがついてるから！」母が言う。

「ごめ……ん……」

やがて僕は手術室に運ばれて、背中に麻酔を打たれる。次第に頭が朦朧としてきて、意識がなくなった。その後のことはよくわからない。とりとめのない夢を見た気もするし、完全な無の状態だった気もするし――。

でも、遠くでたしかに自分自身のこんな声を聞いた。


（じゃあ人生を取り替えよう）

＊

「――えっ？」

気がつくと、僕は屋外にいた。

頭上には青空と、ぼやけた午後の太陽。目の前には広い川が流れており、僕はいつのまにか草が茂る緑の土手に座っている。

「お、おいおい……。これってもしかして」

こわごわ自分の体を見ると、服も体型も違う。完全に別人だ。そしてそれが誰なのか、僕にはもうわかっていた。

未来の僕の息子。同い年だから、二十三歳の嵯峨ナツキ――。

「ああっ！」思わず両手で頭を抱える。「ごめん！　ほんとにすまない、ナツキ！　今度は俺があの現象を起こしちまったんだな？」

僕は危険な状態だったそうだから、手術中に何か起きたのだろう。あるいは医師がありえないミスをしたのかもしれない。

「ん、まずは落ち着け。えっと」

ポケットを探ると、この時代のスマートフォン的なものが入っている。名前はわからないが、柔らかくて透明なカードだ。便宜上、今はスマートフォンと呼ぶ。

僕がそれを起動すると、今は二〇四四年の四月十五日だと表示されていた。

「ん、やっぱり……。俺は二〇一四年の世界から、またちょうど三十年後に来たのか」

つまりこの時代で同い年の嵯峨ナツキと入れ替わったのだ。状況はわかった。

でも、ここでこうしていても仕方ない。よくも悪くも僕はこの現象には慣れていて、初心者ではないのだ。

「ここは荒川の土手……だよな？　うん、景観自体はそんなに変わってない。でもナツキのやつ、どうしてこんな場所に……」

立ちあがって、僕は土手の上を歩き始める。

ナツキの家は以前と同じところにあった。あぁ、と思わず声が出る。

懐かしい洋風の一軒家。建物の右部分がへこんで庭になり、そこには色とりどりの花が植えられている。未来に来たというのに、甘く切ないノスタルジアで胸がいっぱいになった。子供のころを思い出す。

小学生時代のこと、初めてここに来た遠いあの日のことを――。

「でもまぁ、思い出に浸ってる場合じゃないな。……さてと」

僕は試しに家のドアに手をかける。

「あれ？　ロックされてない。不用心だなぁ」

ドアを開き、僕は玄関から家に入った。様子をうかがったが、屋内には誰もいないらしい。不思議なこともあるものだ。

ともあれ、今の僕の体は嵯峨ナツキだから泥棒と間違われる心配はない。僕は堂々と廊下を歩き、階段をのぼって二階に行く。そしてナツキの部屋に入った。

「うん、やっぱりあったぞ……」

案の定、ナツキの机の上には短い手紙が用意してあった。

『ナツキです。

僕と同じ二十三歳の父さん、ひさしぶり。

調子はいかがですか？　こちらは問題なく元気にやってます。

さて、現在五十三歳の父さんの方から聞きました。なんでも手術中にトラブルが起きて、僕らはまた入れ替わるんだそうですね。

そう。今度は僕じゃなくて父さんがトリガーなんだよ。

でも今回は一日だけだから安心してください。明日また手術後の体調不良で、あの現象が起きます。それで僕らは元に戻るらしい。経験者（五十三歳の父さん）が言うんだから間違いありません。帰りの時刻は午後の五時半だそうです。

それまで束の間の未来の世界を楽しんでください。それではまた！』

「それではまたって……。調子、軽いなぁ」

手紙を読み終えて僕は呟く。

「まぁ、身近に案内役がいるんだから当然か」

でも本当に不思議な気分だ。今の僕の状況を、とうの昔に経験した未来の僕が同じ時間軸に生きていて、その人は五十三歳。

「父親……か」

これはあくまでも比喩だけれど、父親とは極論すればそういうものなのかもしれない。どこまでいっても自分の延長線上にいる存在で――。

そう、誰もが後戻りのできない時間という道を歩んでいる。

そして彼もいつかの少年で、青年でもあった。それはありふれた考え方だが、今は身に染みて実感できる。

僕より年上の人も持っていたのだ。あがき、もがいていた蒼《あお》き日々を――。

それをいつか存分に懐かしむためにも、僕は現在という時間を大切に生きなければならない。


夕方になってもナツキの両親は戻ってこなかった。僕は未来見物も兼ねて、外に何か食べに行くことにする。そのとき、ふと思いついた。

「あ、そうだ。麻百合に訊いてみよう」

彼女なら、この時代のいい店を知っているはず。

ナツキのスマートフォンには当然ながら連絡先が入っていた。未来的なインターフェイスだが、使い方は漠然とわかる。「やぁ。嵯峨愁だけど、ひさびさに未来に来てるんだ」というメッセージを送ると、四秒後に電話がかかってきた。

「ち、ちょっと！　愁くんなのっ？」懐かしい麻百合の声だった。

「あぁ。ひさしぶりだね」

ふむ、と僕は思う。どうやら麻百合はこの件を知らなかったらしい。

「元気だった、麻百合？」

「もちろんだよぉっ。もう！　どうして先に言ってくれないの？　わたし、心の準備がぜんぜんできてないんだけど！」

「俺だって」僕は笑った。「でも、とりあえず食事しない？　積もる話はそのときにゆっくりと。二〇四四年の洒落《しゃれ》たジャンクフードでもつまみながらさ」

「ん。その言い方、間違いなく愁くんだねぇ……。いいよ、わかった。今日は金曜だし、ちょうど定時であがるところだったの。ジャンクじゃなくて、おいしいお店に案内してあげる。六時に恵比寿駅《えびすえき》で待ち合わせしよっ」


夜の六時になる少し前に、僕は恵比寿駅へ行った。駅の建物は近未来的に様変わりしていたが、帰宅ラッシュ時の混雑は解消されていない。日本だな、東京だなと思う。

西口の恵比寿像の前には、もう麻百合が来ていた。

「愁くん！」

彼女は一目で僕をみつけた。僕の外見はナツキのままだから当然か。でもこちらはちょっと冷静な心境ではいられなかった。

「麻百合……」

彼女も昔とはずいぶん変わっていた。もう二十三歳で、少女ではないのだ。そして今の麻百合は本当に美人だった。

薄くメイクをして唇は桜色。花の刺繍《ししゅう》が入ったブラウスに、ぱりっとしたスカートを穿《は》いている。首もとには薄いグリーンのスカーフを巻いていた。

「きれいになったね」僕は言った。

「え、ほんと？　うれしいな。でも愁くんのことだから、冗談かな？」

「冗談なんかじゃないさ。俺が知ってる中では聖菜の次に可愛いよ」

「むー……」

麻百合は半眼で頬をふくらませた。でもすぐに、にこっと微笑んで言う。

「そっか。相変わらず聖菜さんとは仲がいいんだね。うんうん、じゃあ今日はその辺の話も聞かせてもらおうかな。食べながら、いろいろ話そっ」

「うん。まぁ、お手柔らかにね」

僕らは恵比寿駅から少し歩いた場所にあるオイスターバーに入った。新鮮な生牡蠣《なまがき》を出すシーフードレストランだ。

店の照明は澄んでいて空気には清涼感がある。瀟洒《しょうしゃ》な壁で仕切られた奥のテーブルにつき、僕らは白ワインと生牡蠣の盛り合わせを注文した。

やがて大皿が運ばれてくる。

「へぇ、すごい」

敷き詰められた細かな氷の上に、殻つきの牡蠣がずらりと並んでいる。仄《ほの》かに磯《いそ》の香りがした。たぶん二十個はあるだろう。

ふたりで食べきれるかな、と訊こうとすると対面の麻百合が言った。

「うーん……足りるかなぁ？」

「よし問題ない」僕はうなずく。

「何が？」

「なんでもないよ。さぁ食べよう」

「食いしんぼだなぁ、愁くん」麻百合は上機嫌だ。

話の前にまずは食事ということで、僕らは新鮮なレモンをしぼって白い牡蠣にかける。フォークで身をすくい、ちゅるりと口に入れた。

「うわ……おいしい！」思わず声が出る。

冷たく瑞々しくて、噛むと口の中でエキスがじゅわっとあふれる。豊潤な味わいだ。

「知らなかったよ。生牡蠣ってこんなにうまかったんだね」僕は言った。

「でしょう？　この店の牡蠣は、とりわけ新鮮でクリーミーなの」

僕らは談笑しながら、白ワインと生牡蠣の組み合わせを楽しむ。

やがて皿の牡蠣を半分ほど食べたところで、彼女が切り出した。

「じゃ、そろそろ始めよっか？」

「え、何を？」

「恋バナ」

「おっと」

危うく牡蠣を落としそうになる。

「あれ本気だったのか……。べつにいいけど」

そのとき、僕はふと思い出した。中学時代、二度目の入れ替わりが解除される直前のこと。嵯峨愁だという正体を明かした僕に、彼女はこんな打ち明け話をした。

――わたし、あれだし。ナツキくんにずっと片思いしてるし……。

そう、麻百合はナツキにひそかな恋をしていたのだった。

「そういえばさ。どうなってるの、ナツキと」

「あ……。聞きたい？」麻百合が妙に味のある表情をした。

「聞いてくれって顔に書いてある」

「仕方ないなぁ」麻百合が照れくさそうに言う。「じつはね……しちゃった」

「え？」

「告白しちゃったの」

「そ、そっか」僕は少しほっとして言った。「それでナツキは？　どうなったの？」

「今は返事待ち」

「ん」

「明後日《あさって》。十七日の日曜日に返事をもらえることになってるんだ。でもね……感触はいいの。たぶんナツキくん、オーケーしてくれると思う。今はきっと心の整理をしてるところなんじゃないかな？　なんていうか彼、いろいろあったみたいだし」

「……かもね」

僕は微妙に言葉を濁して続けた。

「でもさ。待ってるのって不安だよな……」

「平気だよ」

「え？」

「わたし、ナツキくんのことなら、いくらでも待ってるから！」

僕ははっとする。たぶん恋する者の理屈を超えたパワーみたいなものに胸を打たれたのだろう。それは人の意識の根源に働きかけるのだ。だからこそ言葉がこぼれる。

「……ありがとう」

麻百合は強くて優しい。こんなに素敵な女の子に好かれて、ナツキは幸せだと心から思った。

「ところで愁くんの方は？」

この際だ。僕も正直に打ち明けることにする。

「ああ……。じつはその、聖菜と結婚するんだ。プロポーズした」

「きゃあ、すごい！ 愁くんも聖菜さんも、わたしたちのずっと先を行ってる！」

「未来よりも進んでるんだよ。過去の人間はね」

「何それ。おめでとうっ！」

裏表のない純粋な祝福がうれしい。

それから僕は今までのことを丁寧に麻百合に説明していった。

聖菜の病気のこと、指輪を渡したこと、手術が成功したこと。聖菜はまだ入院中だが、退院したら結婚式の計画を練り、同棲も始めるつもりでいること——。

そして僕は話しながら、ふと、ある感慨に打たれる。

目の前で食事をしている麻百合の存在感が、少年時代の記憶を刺激したのだろう。当時はこうして何度も麻百合と同じ食卓を囲んだものだ。言い換えれば、麻百合が僕に思い出させてくれた。

少年時代、僕が初めてナツキと入れ替わっていたときのこと。そのとき何気なく知ったナツキの母親の名前を——。

ナツキの母親の姓名は、嵯峨聖菜。

当然ながら、ナツキの母は嵯峨愁の妻でもある。

そう。彼女こそが僕の最も大切な女性。赤沢聖菜なのだろう。

「ああ……」

今になって納得するのも遅い気がするが、僕の身になって想像してもらえればわかると思う。当時の僕はまだ同い年の赤沢聖菜に出会っておらず、その存在すら知らなかったのだ。知らない人の三十年後の姿なのだから、いくら嵯峨聖菜が将来の妻だと頭ではわかっても、ぴんと来るわけがない。当時の彼女は何よりもナツキの母親だったし、僕もナツキを演じていた。結果的に母と息子の関係が心に刷りこまれた。そうやって親子として暮らすうちに、僕は未来の妻だという事実を自然と意識の外に追いやっていたのだった。

でも今になって思い出すと、実感を持って納得できる。

そしてそれに伴い、過去の不思議な出来事とロジックがつながった。

「……うん。あれはたぶん、そういう意味だったんだな」

聖菜はナツキの母親だ。彼女と僕が別れたら、当然ナツキはこの世に生まれず、存在自体がなくなってしまう。

僕は遠い日のことを思い出す。

大学生になったばかりのころ、連日のようにナツキが消えてしまう悪夢を見た。当時の僕は聖菜と破局しかけていたのだが、あれはきっと危機のシグナルだったのだろう。僕の無意識の一部がナツキというかたちで夢に現れ、警告を発してくれていたのだ。

つまりはこういうことになる。

――ナツキのおかげで僕が見た夢が、聖菜との破局を回避させて、将来生まれてくるであろうナツキの命を守った。

「だから途中から、あの夢を見なくなったんだな……」僕は呟く。

「ん、何？　どうかしたの、愁くん？」

「なんでもないよ」

僕は優しく微笑んで続けた。

「それよりほら。この牡蠣、ひとつあげる。いろいろと感謝の気持ちをこめて」

「わ、なんかよくわかんないけど、うれしい！」

その後も僕らはずいぶん食べたり飲んだりした。明日は土曜日だからと麻百合に誘われて、二軒目にもつきあう。

帰りのタクシーの中では、ふたりともすっかり酔って、半分寝ていた。

おかげで翌日は二日酔いで、ベッドから出られなかったという体たらく。ナツキの父親――未来の僕が苦笑して看病してくれたのは、いい思い出なんだろうか？

たぶん。

不覚ながら、これも彼にとっては通りすぎた道なのだろう。

やがて夕方の五時半が近づいてくる。あっという間に帰る時刻になった。

「じゃあ元気でな。過去の聖菜によろしく！」五十三歳の僕が目くばせする。

「……うぅ、まだ頭痛い。そっちこそ、いつまでも奥さんを大切に」

「当然だろう？」

「わかってるけど、言っておいた」

まもなく僕の意識は白い光に包まれて、無事に元の世界へと戻った。


そして二〇一四年――。聖菜が退院した半年後、僕らは予定どおり結婚式を挙げる。

それは日差しのあたたかい、よく晴れた秋の日曜日だった。

大勢の人たちに祝福されて、チャペルには幸せが満ちていた。

色鮮やかなステンドグラス。パイプオルガンの荘厳な音色。おだやかな笑顔の牧師様。僕のそばに佇む、この世の誰よりも愛する女性——。

今の聖菜は世界で一番きれいだった。

「わたし、幸せです……」

「俺もだよ」

そしてその夜、僕らは初めてひとつに結ばれた。

5

僕らが三十歳のときに最初の子供が生まれた。

結婚して七年目だったが、それまで授からなかったわけではない。聖菜が結婚後も仕事に打ちこみたいと言ったからだ。ようやく病気が治り、膨大なインスピレーションが湧いていたのだという。子供ができたら執筆どころではなくなるんじゃないかと危惧したのだそうだ。僕としては少し残念だったが、結局は彼女の意思を尊重した。

仕方ない。いわゆる惚れた弱みだ。本当に好きになると、相手のいろんなことを許してしまう。だから僕は彼女の創作意欲が満たされるまで待った。

執筆に専念した彼女は何冊か本を出した。いい結果が出たこともあるし、そうでない場合もある。でも全体としては好評で、なかなかの売れっ子になった。

そろそろかな、と彼女が言ったのは、お互いが二十八歳のときだ。自分が表現したかったものを当面、書き尽くしたのだという。

彼女が満足したのなら、それでいい。

二〇一九年の秋には妊娠がわかり、僕らはローンを組んで家を買った。

子供が生まれたのは二〇二〇年の六月だ。名前はもちろんナツキ。少子化が叫ばれる中で、社会的にも祝福されて誕生したのだ。

その日のことを僕は今でもよく覚えている。

梅雨はまだ明けていないのに、真夏を思わせる快晴の土曜日だった。昨日まで降っていた雨はやみ、花壇のアジサイが水滴できらきらと光っていた。

電話で連絡があって病院に駆けこむと、聖菜はもう分娩室《ぶんべんしつ》の中にいて、医師や助産師に囲まれていた。立ち会うことを望んだ僕は、彼女の横で右手を握る。

「来たよ、聖菜！」

「……ふっ、ふっ……ふうっ」

妊娠中も、どこか飄々として余裕があるように見えた聖菜も、今だけは本気で大変そうだった。水でも浴びたように汗びっしょりで頬を上気させている。下手すると、このまま死んでしまいそうだ。

がんばれだって？　死ぬほどがんばっている人にそんなことを言えるか？

「聖菜……」

僕は彼女の手を心をこめて握りしめた。俺はここにいる——声を出さずにそう念じながら。

「……愁さん！　くうぅっ！」

汗いっぱいの聖菜が頬を上気させていきむ。何かが燃えているようだった。新しい生命をこの世に送り出すために、彼女は魂を燃焼させている。

「——がんばれ！」

気づけば僕は無意識に声をあげていた。「がんばって、聖菜！」

そんなことは到底言えないと思っていたのに——。

でも直後に驚きの出来事が起きた。彼女は汗で顔をぐしゃぐしゃにしながらも、左手で親指を立ててみせる。そしてふっと優しく微笑んでくれた。

泣きそうになって、僕は歯を強く食いしばる。

なんという強さなんだろう。この力はどこから来るんだろう？

優しそうな風貌の聖菜だが、僕は彼女に圧倒されていた。これほどの強さがあったのだ、彼女には。

そして長い時間の果てにナツキが生まれたとき——。

僕の目から涙がこぼれた。

感動した。

胸が燃えるように熱くなり、次々と涙が出る。人目もはばからずに僕は泣いた。

本当にもう。これじゃ、どちらが子供だかわかったものじゃない。

新しい命の誕生に涙を流し、僕は彼女を心から尊敬する。

「おめでとうございます。元気な男の子ですよ」医師が祝福の言葉をくれた。

「ナツ……キ……」

ぐったりと憔悴《しょうすい》しながらも聖菜がうれしそうに言う。

「この子の名前……嵯峨、ナツキ……」

「あぁ……そうだよ。よくがんばったよ、聖菜！」僕は何度もうなずいた。

生まれたばかりのナツキを僕は腕に抱かせてもらう。小さな新しい命。なんて柔らかいのだろう。そして、なんという不思議な気分なのか。

「ひさしぶり」と僕はささやく。「とうとう会えたね、ナツキ」

そう、ついに本物に出会えたのだ。

あのナツキに。

僕らの子供としてのナツキに——。

生後まもない彼の姿を見ていると、円環という言葉が自然と頭に浮かぶ。何かぐるりと運命の輪がつながったような不思議な感覚があった。

それから僕は慎重に、赤ん坊のナツキを聖菜のそばへ近づける。

「わたしたちの……子供……」

聖菜が弱々しくも誇らしげに呟く。

「可愛い……」

「ああ。俺たちの……世界で一番可愛い子供だよ」


ナツキは僕らの愛情をたっぷり受けて成長した。

最初はいつも泣いてばかりで、その世話をする僕らは、まともに寝る暇もなかったが、子供というのは本当に驚くほど早く成長する。聖菜の優秀な血が影響しているのかもしれない。生後十ヶ月もしないうちにナツキは喋った。最初の言葉は「ママ」だった。

うん、これはまあ致し方ない。

でも、その後の僕はしばらくナツキの耳もとで「パパ……パパ……」と暗示をかけるように呟き続けたものだった。

ナツキはぐんぐん大きくなる。

一歳には立って歩けるようになり、二歳のころには言葉をそれなりに使えるようになって（ママの・ごはん・おいしい）、やがて小学校に進んだ。

ああ、少しずつ近づいてくる、と僕は思う。

ナツキが小学六年生になったら、あの出来事が起こる。同い年の僕との精神の入れ替わり――。そのとき彼は何を思い、どんなことをしようとするんだろう？

今の僕はそれについて事前にナツキに伝えておくこともできる。

でもたぶん教えない方がいいのだろう。せっかく摑んだ幸せな現在に、変な影響が起きないとも限らない。

そう、初めて入れ替わった際、当時の僕もナツキも何もわからなかった。だからこそ手探りの状態で、様々なことを試みた。その恐れ知らずの試行錯誤が、大事な出会いや縁を連れてきたという可能性はおおいにある。

だから、そのままにしておこう。

そのままであってほしい。いつまでも、いつまでも僕らのこの幸せが――。

6

さて、この回想録も語るべきことを語り尽くした感がある。

出会い、告白、交際、プロポーズ。そして結婚、出産――。

そう。これはナツキの親である僕と愛する人が、同じ道を歩んだメモワールなのだ。

僕らが普段進んでいる道は人生のメタファー。そこに足跡を残しつつ、ふたりで年齢を重ねていくことには独特の何かがある。そのあたたかみと深みをどれだけ感じ取れるかが、人生の価値を高めるささやかな秘訣《ひけつ》なのだろう。

そして物語を締めくくる前にもうひとつ、ある出来事を記しておきたい。

というのも、そのころの僕の頭を、しばしばよぎる考えがあったからだ。

――いつのまにか俺も父親。だけど、いつの間にそうなったんだろうな。

女親と違い、男親は自分のおなかを痛めて子供を産むわけではないから、実感するのに少し時間がかかる。そもそもナツキが生まれた当初は育児に必死で、そんなことを考える暇もなかった。でも彼が成長するに伴い、僕にも自然と父親の自覚が芽生えてきたらしいのだ。

「お父さんお父さんっ」

ナツキに無邪気にそう呼びかけられ、今では「なんだい？」と何の屈託もなく返事をしている。「困ったときは、なんでもお父さんに言いな」なんて胸を軽く叩いている。

こういうのは子供との関係性の中で、徐々に育まれるものなのかもしれない。

そしてそれと時を同じくして、ある言葉が何かと脳裏によみがえるようになった。僕の就職が決まったお祝いに、父の嵯峨敏夫とバーでウイスキーを飲んだときの言葉だ。

——俺は……いい父親じゃなかったな。

——いい父親ってのは……。

あれはなんだったのだろう？　父は僕に何を言いかけたのか？

いずれ聞く機会があるだろうと思って気長に構えていたのだが、多忙な日々に追われていると、そういうことは忘れがちになる。気づけば、あれから長い年月が経っていた。

それだけの時間を経て、あるとき、予想外の出来事とともに答えは訪れる。

二〇三一年の初夏の午後。すっきりと晴れた日曜日のことだった。

当時の僕は四十一歳。数日前に「嵯峨くん、ちょっと相談なんだが、来年から北米の支社に出向することは可能かね？」と打診されて、まだ少し気分がざわついているところだった。

今はリビングのソファで、その件を考えている。

「まったく……」

とはいえ、じつのところ知ってはいた。中学時代にナツキと入れ替わっていた際、僕は未来の自分と電話で話をした。そのとき彼はシアトルにいて、VRソフトウェア開発のプロジェクトの再建中だということだった。

その事実を踏まえても踏まえなくても、今回は運命に従うべきなのだろう。何せ社運のかかった大きなプロジェクトだ。会社のために生きているわけではないが、傾かれても困る。僕が行けばなんとかできるはずだ。

幸い、息子のナツキもすっかり成長した。

今は十一歳で、小学五年生。去年はインフルエンザで大変な目に遭ったが、基本的には健康そのものだ。優しく思慮深い性格で、年齢以上に大人びてもいる。

だから出向しても問題ないとは思うんだけど――などと僕が考えていたとき、電話がかかってきた。母親からだ。

「珍しいな。もしもし母さん？」

「愁？　今いい？」母の声は妙に低かった。

「……何かあったの？」

「近いうちに戻ってきて。父さんが長くないの」

それから僕はすぐに家を出た。ひとりで来てほしいと母が言うので、怪訝に思いつつも単身、車を飛ばす。

父の嵯峨敏夫は現在、六十八歳。少し前まで埼玉県内のＩＴ企業で働いていた。

典型的な仕事人間で、責任の重い立場だったこともあり、家にはあまり寄りつかなかった。だから子供のころの僕は、父と遊んだ記憶がほとんどない。

とはいえ、決して父を嫌っているわけではなかった。たまに会社から早く帰った日の父は優しかったし、欲しいものをねだれば大抵は買ってもらえた。就職が決まったときはお酒も奢《おご》ってもらったし、たぶん、つかず離れずの適切な父子関係だったのだろう。

今は退職して、毎日のどかに過ごしていると思っていたのだが――。

まさか父が病気だったなんて。

しかも因果というのか、末期の肺がんだったなんて。

秩父の実家に着き、僕は玄関をくぐって廊下を奥へ進んだ。

「帰ったよ。父さん、母さんっ」

「あぁ、愁！」僕の声を聞いて母親が慌ただしく出てくる。「来てくれたのね」

「当たり前だろ。大丈夫なのか、母さん？」

「わたし？」

母は一瞬目をまるくした。

「わたしはそうね……。あまり大丈夫じゃないかも。でも本人はもっと大変なんだし」

「父さんは？」

「こっち」

母に連れられて奥の寝室へ行くと、父は寝間着姿で布団に仰向けになっていた。生気がない。去年の正月に会ったときよりも間違いなく痩せた。

これからもっと痩せていくのだろうか……？

母の話では、会社を退職したあと、健康診断に行っていなかったのが災いした。今年の五月、父は散歩中に突然倒れて、病院に搬送されたときには手遅れだったという。末期に近い肺がんだと医師に告知されたのだ。延命治療が関の山らしい。

そして父は病院のベッドの上でチューブにつながれて死ぬより、家で最期を迎えたいと望んだ。人生の終末期の尊厳――。それが本人の選択なら尊重するしかない。

「父さん！」

「ああ愁、遠いのによく来てくれたな……」父は弱々しく言った。「聖菜さんとナツキは元気か？」

「もちろん。俺よりずっと元気さ。でも、なんで俺ひとりに来させた？　聖菜にもナツキにも会いたかっただろうに」

「ちょっとな……。どうしても、おまえと水入らずで話したくて」

「そっか」

どこか悲哀を感じさせる父の声に、僕は内心しんみりとなる。

「じゃあ、わたしはしばらく外してるから」母が部屋から出ていった。

「すまない」と父は呟く。

そして僕は父とふたりきりになった。僕が畳の上に正座すると「おいおい、そんなにかしこまらないでくれよ。逆に話しにくい」と父は苦笑した。

「……かもね」僕はあぐらをかく。

そして父は布団の上で半身を起こすと、ゆっくりと語り始める。

「最近よく思い出すんだ。昔のこと」

「昔の？」

「そう。いろんな……おまえが生まれた日のこととかな。どうしてだろう？　人の一生で印象に残るのは、やっぱりそのあたりなのか」

父は遠い目で、ぼそぼそと言う。

「子供のころの愁……生まれたときのおまえは小さくてなぁ。無事に育つか、本当に心配したもんだ。癇が強い、すぐ泣く赤ん坊で……いつまでも抱っこして眠るまでじっとしてたっけ……」

「……そうなんだ」

「おまえは玩具が大好きでさ。とくに乗り物には目がなかったよ。ほら、あの機関車のやつ。大事そうに握りしめて、廊下を走らせてよく遊んでた。何がそんなに面白いのか、いつもきゃっきゃって笑って……うれしそうだったなぁ」

追憶に浸るように父は瞼を閉じた。

「ところがそれも束の間。あっという間に大きくなって……。うれしいけど、親としては淋しくもあったよ。でも、そのおまえも結婚して、もう人の親なんだもんなぁ。時間が経つわけだ。人生は本当にあっという間だ」

「父さん……」

そして父は目を開けると、僕を見つめて衝撃的なことを告げる。

「愁。おまえには腹違いの妹がいる」

「え？」

何を言われたのか一瞬わからない。

「ずっとひとりっ子だと思ってただろう？　違うんだ。長年秘密にしてきたが、おまえには母親が違う妹がひとりいる。異母兄妹《きょうだい》なんだ」

「う、嘘だろ？」

「嘘じゃない。その……死ぬ前だからこそ、すべてを正直に言っておきたくて」

父のその言葉には悪い意味で重みがあった。これは真実の話なのだ。僕は驚き、ひたすら混乱していた。どう反応すればいいのか本当にわからない。

「どうして……？　なんだっていうんだよ。妹ってどこの誰なんだ？」

僕の問いに、父は苦しそうに目を伏せて答える。

「……俺も知らなかったんだ。半年ほど前の話になる。ある日の午後、ひとりで散歩していると物陰から老婆が現れた。らんらんと目が光る小柄な老婆で、八十……いや、九十歳に近かったと思う。その老婆が俺に言ったんだ。あんたの娘は今も息災だよ、と」

そこで父は重苦しい息を吐き、一拍置いて続けた。

「最初、俺は意味がわからなかった。少しおかしい人なんだろうと思ったが、続けてこう言われて鳥肌が立った――」

『忘れちまったのかい？　うちの娘の子供のことだよ。あんた昔、とっくに妻帯してたくせに、騙して口説いて、ひとりの女をもてあそんだことがあっただろう？

そうさ。それがうちの娘だよ。

木怜《きれい》って名前なんだけどね。聞き覚えがないとは言わせない。

あんたに騙されて木怜は本当に傷ついたんだ。でも気性の激しい娘だったから、嘘をつかれたのがわかると、即座に別れ話を切り出した。

でもね……あんたと別れたとき、木怜はすでに身ごもっていたんだよ。

そして密《ひそ》かに子供を産み、女手ひとつで育てた。あんたの息子の愁とは同い年だ。まぁ、生まれたのは少しだけ遅かったけどね』

父は両手で顔を隠してうめく。

「恥ずかしいことだ……。人として最低だ。でも俺はたしかに昔、木怜という女性と深い仲になったことがある。すでに妻がいたのに……。魔が差したんだ。当時の俺は未来への不安や仕事の不満が溜まって、心が立ち行かなくなっていた。だから救いになる新しい何かを求めて……気がつくとそういう関係になってたんだ。でも、まさか木怜に子供がいたなんて」

夢にも思わなかった、と言って父は肩を落とす。

「その木怜って人の娘が俺の……。腹違いの妹なのか」僕は呟く。

「そういうことになる。老婆——つまり木怜の母親は言ったよ。自分は病気で長くない。だから最後に真実を伝えに来たんだと。人間、やっぱりそう思うのかもしれない。今の俺と同じような心境だったんだろう」

父は自嘲的に嘆息して続ける。

「木怜は娘を独り立ちさせてまもなく、不慮の事故で死んだ。だからこのことを知るのは自分と孫娘だけなんだと老婆は言った。そして孫娘は、最低の父親にわざわざ接触することはない。だから自分が教えなきゃならないんだと……そう言っていた」

木怜の母親であるその老婆も、今はもう亡くなっているのだという。

僕はまだ半ば呆然としながら尋ねる。

「あのさ、母さんにはこのこと」

「言ってない。……言えるわけがない」父は眉をよせて泣きそうな顔をした。

「そっか」

僕は深い溜息をつく。

父がそういう選択をしたのなら、この件に関して僕から言うことはない。安直に楽にならずに秘密は墓まで持っていってほしい。それがぎりぎり譲歩できるラインだ。

「それで?」僕は静かにかぶりを振る。「秘密を打ち明けて、気が楽になった?」

「愁……」

余命わずかの病人に怒りをぶつける趣味はないが、どうしても気持ちが収まらない。

あのときの言葉の意味が今になってわかった。僕は唇を強く噛んで思い出す。

——俺は……いい父親じゃなかったな。

たしかにそのとおりだった。

——いい父親ってのは……。

さしずめ、それに続く言葉は「なるのに資格が必要で、俺にはそれがない」といったところだろう。まったく、と思いながら僕は震える息をゆっくり吐き出す。

「俺にどうしろって言うんだよ、父さん」

「――頼む！」

その瞬間、父はいきなり布団の上に両手をついた。

驚く僕の前で、深々と土下座しながら父は続ける。

「何度も謝りたいと連絡した。でも、木怜の娘は了承してくれない……。当然だ。俺は存在しないも同然の、最低の父親だからな。でも最低だからこそ罪滅ぼしをしなきゃならない。死ぬ前に……。俺が地獄に落ちる前に！」

自分がこんなに早く死ぬなんて思わなかったんだ、と父は無念のにじむ声で言った。

「お願いだ、愁。娘のところに行って、話してほしい。尋ねてきてほしいんだ。困ってることはないか、不自由してることはないかって。あの子は俺に心を開いてはくれないんだよ……当然だけどな。今さら許してもらおうとは思わない。ただ、せめてお金だけでも……。もしも困窮していたら、それだけでも――」

土下座しながら必死にそう訴える父の前で、僕は長いあいだ無言で考えた。

＊

結局、僕は翌日、会社を午後から休んで、腹違いの妹――木怜の娘に会いに行った。

今そうしておかないと二度と機会がない気がしたからだ。

平日の午後に会うことにしたのは向こうの都合。父から聞いた連絡先に一報すると、その時間に来てほしいと言われた。

木怜の娘はすでに結婚しており、子供もふたりいる。その時間なら他に誰もいないからという話だった。

正直、僕は拍子抜けした。事情が事情だけに、もっと難航するものだと思っていた。あっさり承諾してもらえて、こちらの方がとまどい気味だ。

彼女が住んでいるのは二子玉川《ふたこたまがわ》にあるファミリー向けマンション。高層の空中庭園という感じの立派な建物だった。にもかかわらず部屋のドアには素朴な感じの表札が出ていて「雪見」と書かれている。ああ……と僕は思う。

来訪を知らせるとドアが開き、柔和そうな雰囲気の女性が顔を出して言った。

「こんにちは。えっと――」

「嵯峨愁です」

僕は深く頭を下げる。

「申し訳ありません。本当に、どう謝ればいいのか……。父の敏夫がご迷惑をかけて、誠にすみませんでした！」

「そんな、今さらべつに」意外にも彼女は少し慌てた。「知らない仲じゃあるまいし、謝らないでください。あなたが悪いわけじゃないんですから」

「でも……」

「ほら、頭を上げて」

そっと顔を見ると、木怜の娘、雪見夫人は人好きのする微笑みを浮かべていた。

この人が僕の腹違いの妹なのか。僕はふと不思議な感覚に襲われる。

なんだろう？　どこかで見たことがあるような――。

でも思い出せない。ともかく彼女は素敵だった。僕と同い年なら、今は四十一歳のはずだ。でも三十代にも二十代後半にも見える。そして間違いなく幸せそうだった。なんというか黄金色だ。満たされた人に特有のあたたかなムードがある。

「さあ。とりあえず中へ」彼女はちらりと僕を見る。「……兄さん」

一瞬わけもなく心臓が跳ねたが、僕はなんとか平静を取りつくろう。

「……お邪魔します」

雪見家に足を踏み入れ、僕はリビングのソファに座った。彼女が淹れてくれたアイスコーヒーを飲み、しばらくお互いのことを話す。

雪見夫人は大学時代に知り合った相手と、四年の交際期間を経て結婚したらしい。

夫の雪見氏の職業はカメラマン。昔は生活するのも大変だったそうだが、彼は少しずつ頭角を現し、今ではちょっとしたセレブリティだそうだ。写真の他、旅行記やエッセイなどでも人気を博しているという。

「すごい人なんですね」

「ありがとう。夫は才能のある人で……でもそれ以上に、夫のことをわかってくれるクライアントに恵まれたの。今は毎日がとても幸せ。子供も学校で、よく父親のことを自慢してるみたい」

雪見夫人の話では、二〇一四年に最初の子供が生まれた。女の子だ。名前は早百合《さゆり》といって、今は都内の学校に通う高校生。将来の夢は料理人だそうだ。

二〇二〇年には次女が生まれた。

名前は麻百合といい、現在は小学五年生だという。

「奇遇ですね」僕は微笑んだ。そう、つまりはそういうことだったのだ。「うちの息子も小学五年生で、ナツキっていうんです」

「あら。……そうなんですか」

「そうなんです」

「ふふ――」

直後に雪見夫人は何か言おうとしたが、すばやく口もとを押さえた。そして「ナツキくんは、やっぱりお父さんに似てらっしゃるんですか？」と尋ねる。

「どうだろう……。俺と違ってナツキは物静かで優しい子だから」

それから僕と雪見夫人は、とりとめもなく子供の話をした。

彼女の話では、小学生というのは思慮分別が身につき、それでいて親を慕ってくれる、子供が最も可愛い時期らしい。それを過ぎると徐々に淋しさが到来する。中学、高校と年を重ねるにつれて着実に親から離れていくそうだ。

今のうちに様々なことを分かち合っておくといいですよ、と彼女は言った。その思い出は間違いなく、あなたの人生をあたためてくれるから、と。

深く心に留めておきたい。

そして僕は本題に入る。

「それで、その……。俺は今日、父の代理として来た部分もあるんです。お金の話をしてもいいですか、雪見さん」

「必要ありません」彼女は言下に答えた。

「ですが……」

「というより、もらいたくないんです、あの人のものは。本人にもそうお伝えしてあります。何ひとつ欲しくない。これはわたしの心の問題です」

彼女は強くそう主張し、僕が何を言っても決意は揺るがなかった。父にはどうしても世話になりたくないのだろう。

そうだよな、と僕は思う。彼女の境遇を思えば当然だ。

今まで積もりに積もった感情——彼女の母親のことを考えたら、許せるわけがない。

しかし、このまま無為に帰るのもためらわれる。僕は少し切り口を変えた。

「じゃあ今、何か困ってることはないですか？」

「困ってること？」

「なんでもいいんです。せっかくこうして会えたわけだし、俺にできることがあったら言ってほしい。力になりたい。その……血を分けた者として、純粋に助け合いたいんです。だって、俺とあなたは決して赤の他人ではないはずだから」

「ん」

適切な提案だったのかどうかは不明だ。でも、それは雪見夫人の中の何かを動かしたらしい。しばらく彼女は黙考し、「今はとくに困ってることはないです」と言った。

その後、ふっと表情を和らげて続ける。

「でも、いつかあなたにお世話になりたいと思うことがあるのかもしれない。そのときは頼ってもいいでしょうか？」

「もちろんです」

こうして僕らの長きにわたる親戚づきあいが始まったのだ——。


それから一年後。

二〇三二年に雪見夫妻は渡航する。カメラマンの夫が世界各地に滞在しながら写真を撮り、紀行文を書くという大規模なプロジェクトが始まったためだ。

それを機に、料理人を目指す長女の早百合は、飲食店を営む遠縁の親戚のもとへ行った。代官山《だいかんやま》にある有名な店らしく、将来はそこで働きたいのだという。

その親戚のもとで引き受けられるのはひとりだけだということで、次女の麻百合はうちで預かることになった。

そういう経緯だったのだ、麻百合の件は——。

もしも僕が生きていなかった場合、麻百合はどんないきさつで嵯峨家に預けられるのか少し気になったが、今となっては知るよしもない。妥当性はともかく、理由だけならいくらでも想像できる。状況に応じたものを世界の意思が選ぶのだと考えておこう。

ナツキには余計なことは伏せて、麻百合は従妹だとシンプルに説明しておいた。たぶんその方がいい。

ともあれ、雪見夫妻の紀行文の仕事は、おおいに好評を博した。おかげで彼女たちはその後も幾度となく海外に行くことになるのだが、それはまた別の物語——。

今は本筋に戻ろう。

それは父の病状がいよいよ進んだ、八月の蒸し暑い日曜日の午後のことだった。僕は秩父の実家にいた。母と聖菜とナツキは出かけていて不在だ。この家には今、父と僕しかいない。

そろそろだな、と僕は思う。それから時刻を確認して、父を庭へ連れ出した。

「歩くのは平気か、父さん？」

「ああ。問題ない」

父はあれからさらに痩せたが、まだ足どりはたしかだった。

「でも、どうしたんだ愁。急に散歩しようだなんて」

「いいから」

サンダルをはいて庭に出ると、熱気がむっと肌を打つ。青空には氷山のような入道雲が浮いていた。照りつける夏の太陽と、満開の黄色いひまわりと、蟬時雨《せみしぐれ》——。

「悪いな。父さん。もう少しだけここで待ってくれ」

「それはかまわないが……」

青い香りが立ちこめる庭に僕らは佇む。「……夏だなぁ」と父がこぼす。

まもなく家の前のブロック塀の向こうに人影が見えた。三人の女性が右から左へ、家の前の塀に沿って歩いてゆく。

「あっ！」

彼女たちの横顔を見て、父が声をあげた。もう気づいたのかと僕は思う。

ブロック塀の向こうを歩く三人の女性は、雪見夫人と早百合と麻百合だった。

死にゆく者への手向けとして、この時間に来てくれるように僕が頼んだのだ。逝く前に一目でいいから孫娘を見たいなぁ――それが父の最後の望みだったから。

じつのところ夫人は最初は渋っていた。きっと娘を厄介事に巻きこみたくなかったのだろう。でも、いよいよ弱ってきた父の様子を僕が説明すると「遠くから姿を見せるだけでいいなら……」と控えめに了承してくれた。

それでかまわない、と僕は思う。それだけで。

だって父には伝わるものがあったのだから。

「あぁ……」

父はかすれた声で呟く。

あぁ、あぁ……と。

きっと言葉にならないのだろう。父は顔をしかめて歯を食いしばる。その頬を、突然ぼろぼろっと涙がこぼれていった。

男泣きしていた。

そんな父の様子に気づくこともなく、雪見夫人たちは歩き続ける。

「……似てる」父は涙声でうめいた。

声が届く距離ではないから、その言葉を聞いたのは僕だけだ。やはり木怜に似ている、と父は言った。横顔に、目鼻立ちに、あの面影があるのだと。

「ありがとう……」

父は立ち尽くし、遠くの雪見夫人たちを見つめて涙を流す。

「娘よ……感謝します、本当に。最後にこれ以上ない慈悲の心を……。本当に申し訳ございませんでした……。ありがとうございました」

父さん、と僕は呟く。まさかそんなことを言うとは。

なぜか僕まで涙が出た。

ぼろぼろと涙を流す父と一緒に、僕も唇を噛みしめて静かに泣く。

「俺はいい父親じゃなかった」父が低くうめく。「でも愁、どうかおまえは……」

「あぁ……。俺はいい父親になるよ」

まもなく雪見夫人たちは嵯峨家を通りすぎた。背中が次第に小さくなり、やがて角を曲がる直前、雪見夫人がこちらを振り向く。

わずかな間があった。

彼女は何か察した表情で、そっと一礼する。

その瞬間、父は両手で顔を覆い、獣のような声をあげて夏の庭に泣き崩れた。

それから秋が訪れてまもなく、父は自宅で息を引き取った。

最期は驚くほど安らかだった。心残りがなかったせいだろう。菩薩《ぼさつ》のような表情で父は亡くなっていた。彼の魂は娘の尊い温情によって救済されたのかもしれない。

そして、父の死後も残された者の日々は続いていく。

それが人生というものだ。

いつか自分にも確実にそのときが訪れることを、胸の片隅で噛みしめながら――。

7

それから長い長い月日が流れた。

二〇四四年の春の金曜日の午後のこと。僕と聖菜はふたりとも五十三歳で、そのときは戸田橋の上にいた。遠くの高層ビルの彼方には小さくスカイツリーが見える。

「……懐かしい」僕は呟く。

ここは特別な思い出のある場所だ。おそらくは息子にとっても。

だからこそ彼は今この川沿いで、例の現象を待ち受けているのだろう。

とはいえ、こうやって息子を橋の上から俯瞰《ふかん》するのは、なんだか変な気分だ。近くにいるときは感じないが、遠目だと彼は意外なくらい頼もしく見える。

僕と聖菜が見ていることには気づかず、ナツキは荒川をのぞむ土手の斜面に座り、イヤホンで音楽を聴いていた。

あんなに切なそうに何の曲を聴いているのだろう？

ふいに僕の隣の聖菜がぽつりと言う。

「音楽に浸っちゃって、余裕ね……。あの子、大丈夫なんでしょうか？」

「慣れてるからね。心配ないよ」僕は言った。「それに、俺たちの息子だ」

「それもそっか」

信じましょう、と聖菜は微笑む。

彼女はいくつになってもきれいだった。僕にとっては永遠に可愛い妻だ。いつまでも人生という道をともに歩みたい。

今日は四月十五日。二十三歳の嵯峨ナツキと、二〇一四年で二十三歳の嵯峨愁の心が入れ替わる日だった。そして、その現象が起きる時刻は少しずつ近づいている。

「でも、思えばいろんなことがありましたね……」ふいに聖菜が言う。

「ああ。本当に」

僕はうなずき、すると今までのナツキの思い出が次々と脳裏をよぎった。

覚えている。生まれたばかりのあの子を病院で抱いたときのこと。

ナツキは生命そのものだった。柔らかくて、あたたかく、火がついたように泣いていた。この世の何よりも愛おしいと思った。

覚えている。小さなあの子と車でドライブしたときのこと。ナツキは助手席がお気に入りで、いつもそこが特等席だった。窓の外を見ながら、あれは何？　これは何？　と僕に何度も質問した。でもいつのまにか静かになり、顔を向けると、お地蔵さまのようにすやすやと眠っていた。

覚えている。あの子の小学校の入学式のこと。ナツキはおとなしい性格だから僕は本当は不安だった。クラスの騒がしい連中とうまくやっていけるのだろうか？　でもランドセルを背負った凛々《りり》しい姿を見て、心配ないんだと思い直した。誰もがこうやって大人になっていく。彼は今、自分の人生という道を歩き始めたのだ。自らにそう言い聞かせた。

あれから長い月日が流れて、時間は決して戻らないけれど。

「ナツキ、おまえなら大丈夫だ。行っておいで。もう過ぎ去った俺の、輝いていた日々によろしく……」

あの素晴らしい日々に——。

僕がそう呟いた直後、荒川沿いの斜面に座っていたナツキの体が大きく震える。

きっと今、例の現象が起きたのだろう。過去と未来が入れ替わり、人生が混じり合う。

でも誰の人生にも多かれ少なかれ、そういった要素はあるんじゃないだろうか？

子供はいつか大人になる。大人になると、人は自分の子供に同じことをしてあげようとする。結果的に昔と同様に子供から反感を買ったり、ときには喜ばれたりする。

そんなふうに、ところどころで輪のような結び目ができ、過去と未来が感覚の中で重なり合うのだ。そして自らの来た道と、これから歩む道に思いを馳《は》せさせる。

そこで我々はいつの時代も変わらない、この世界の本質を垣間見《かいまみ》るのかもしれない。

きっとそうなのだろう。

そしてそのとき、隣に愛する人がいるのなら、言うことはない。


「なあ、聖菜」

「はい？」彼女が僕を見る。

「その……なんだ。これからもよろしくな」

「ええ、もちろん」彼女はにっこりと微笑んだ。


やがて日が傾いて黄昏時《たそがれどき》が訪れる。

オレンジ色の夕暮れの空を鳥たちが飛んでいく。

僕らは寄り添って、この先も同じ道を歩き続けるだろう。すべての鳥が飛び去って、空が暗闇のベールに包まれたあとも。

本書は書き下ろしです。

メディアワークス文庫

そして、その日《ひ》まで君《きみ》を愛《あい》する

似鳥航一《にとりこういち》

2019年3月23日　初版発行

発行者　郡司 聡
発行　株式会社KADOKAWA
〒102－8177　東京都千代田区富士見2－13－3
0570-06-4008（ナビダイヤル）
装丁者　渡辺宏一（有限会社ニイナナニイゴオ）
印刷　株式会社暁印刷
製本　株式会社ビルディング・ブックセンター

Printed in Japan
ISBN978-4-04-912481-1 C0193

メディアワークス文庫　http://mwbunko.com/

本書に対するご意見、ご感想をお寄せください。

あて先
〒102-8584　東京都千代田区富士見1-8-19
メディアワークス文庫編集部
「似鳥航一先生」係